iHuman

成为更好的人

六日改

唐映枫 著

GUANGXI NORMAL UNIVERSITY PRESS
广西师范大学出版社
·桂林·

LIU RI GAI

图书在版编目（CIP）数据

六日改 / 唐映枫著. —桂林：广西师范大学出版社，2020.5（2020.10 重印）
ISBN 978-7-5598-2756-2

Ⅰ. ①六… Ⅱ. ①唐… Ⅲ. ①中国文学－当代文学－作品综合集 Ⅳ. ①I217.2

中国版本图书馆 CIP 数据核字（2020）第 052118 号

广西师范大学出版社出版发行
（广西桂林市五里店路 9 号　邮政编码：541004
网址：http://www.bbtpress.com）
出版人：黄轩庄
全国新华书店经销
北京盛通印刷股份有限公司印刷
（北京经济技术开发区经海三路 18 号　邮政编码：100176）
开本：800 mm × 1 000 mm　1/32
印张：12.625　　字数：200 千字
2020 年 5 月第 1 版　　2020 年 10 月第 3 次印刷
印数：13 001~18 000 册　　定价：69.00 元

愿你在此，超越时代的藩篱

陈震

当唐映枫约我为他的新书作序的时候，我的内心是惶恐的。惶恐的原因在于，我充其量只是个歌词爱好者，而唐映枫都发表过上百首词作了。但转念一想，我和他都是在做医学生的时候动了要做与音乐有关的事情的念头，我也许是懂他的那一个，那就写吧。

有文字理想的词人出文集，身为译者的我是心有戚戚的。实际上，词人和译者都被限定在一个框架里，某种程度上也就被限制了表达的自由。词人被原曲的框架限制，字数和韵脚要求精准贴合；译者则被原文的框架限制，更无自由发挥的空间。所以，“压抑”久了的词人和译者大多有写文字的习惯。唐映枫不就经常在微博上大方展现文采吗？得知他的第一本文集即将付梓，我心里暗叫一声：“终于！”

但就算身兼写作者、歌手、制作人、厂牌主理人等多职，唐映枫最为人知的身份还是一个写歌词的人。作为流行文化的重要一环，歌词早已成为我们生活中的一部分，谁的脑海里没有几句挥之不去的歌词呢。回想学生时代，我们用笔记本抄写中文歌词，把自己喜欢的歌词作为个性签名；通过英文歌词学英语，有悟性者甚至借此过了发音关，还从中了解了大量西方的历史和文化。我在医学院就读期间，华语乐坛恰逢盛世，那是一个属于填词人的时代，涌现出多位大家耳熟能详的词人，众多填词佳作流传至今。但如今时代变了，传统的唱片歌手风光不再，连流量歌手都在向创作歌手转型，艺人一手包办词曲已成常态，所以填词人的活儿就少了，加上这又是个浮躁的快餐音乐时代，几年下来，能被大家记住的歌词或词人屈指可数。属于填词人的时代一去不返了。但就是在这个词人最难冒出来的时代，年轻的唐映枫凭两首沉淀之作一举成名。

Digital Dream Door评出摇滚史上百大词作者，高踞前三位的是鲍勃·迪伦、尼尔·杨和罗杰·沃特斯。鲍勃·迪伦的《在风中飘荡》成了民权运动的圣歌，尼尔·杨的《俄亥俄》记录了国民警卫队枪杀肯特州立大学反战学生的事件，罗杰·沃特斯的《母亲》诠释了二战给一整代人带来的痛苦和悲伤。诚然，歌词是大时代的记录，能把你带到那个时代，但词作者水准的金线是会不会写个人的感情。事实上，无论是鲍勃·迪伦写亲情的《永远年轻》，尼尔·杨写爱情的《无名传奇》，还是罗杰·沃特斯写友情的《愿你在此》，都能超越时代的藩篱，戳中每个人内心最柔软的角落。

唐映枫是个会写感情的词人。在我看来，《理想三旬》、《儿时》这两首歌词之所以能打动那么多人，是因为他具有让字里行间充盈真挚感情的能力。毋庸讳言，这两首词作也让陈鸿宇和刘昊霖一夜成名，但陈鸿宇和刘昊霖同样功不可没——遇到契合的音乐，歌词才会有表现力，因为歌词一旦进入音乐，它的声调、节奏等音乐性因素就被音乐重建了。唐映枫是个幸运儿，遇到了未必最好却最适合他的词曲创作搭档。连最嫉妒他的人都得承认，《理想三旬》、《儿时》词曲的契合度堪称完美。词曲作者最可遇不可求的就是遇到正确的创作伙伴：一九六七年，艾尔顿·约翰遇到作词人伯尼·托平，成为他音乐道路上最重要的节点；卡洛尔·金十七岁时邂逅词作者格里·戈芬，她的第一首排行榜冠军歌曲《明天你是否依然爱我》就此诞生，自此一发不可收拾。在此之前，卡洛尔·金的创作伙伴是保罗·西蒙，他俩未能合写出一首金曲——保罗是最好的词曲作者，却不是最适合卡洛尔的。

一九九五年，我买了《巴布狄伦30周年现场演唱纪念特辑》的引进版卡带，上下两盘，从此我真正爱上了鲍勃·迪伦的歌（当然也包括歌词）。那两盘卡带，我一直听到今天。

二十年后，我听到了这几句歌词：时光匆匆独白/将颠沛磨成卡带/已枯卷的情怀/踏碎成年代/就老去吧/孤独别醒来。

虽然风格上不具可比性，但这首歌词里“年华逝去，理想还在”的情怀，让我不禁想到迪伦《昨日书》里的“我彼时苍老，如今风华正茂”，还有尼尔·杨《金子心》里的“这让我坚持寻找金子般的心灵，而我渐渐老去”。

那两盘卡带上有句文案我至今还记得：“浩瀚星河，投之者众，如过江之鲫，但星海沉浮，能扬名立万已属不易，而垂名青史者更仅限少数佼佼者而已……”只有时间才能验证一首词作是好还是坏。在这个时代，大多数歌词问世一个月就可能被大众遗忘，问世五年还能被大众记得更属罕见，而鲍勃·迪伦的歌词在多年后不但没有被遗忘，还得到了诺贝尔文学奖的肯定。我在微博上看到唐映枫说他打算暂且搁置写词一年或者更久，也许他是遇到了瓶颈，但我知道他会一直写下去，因为他的终极目标不是写出金曲，而是写出能流传很久的金曲。

我们都是有歌的人

姚谦

我觉得唐映枫像是个文字摄影师，随他所写的歌词，总是一句一张画面地浮现心里，不是具象的，而是一种心境的照片。一个属于这个时代的年轻人，在小镇酝酿了所有的触感神经，然后像一个感应力极强的计算机扫描了这个世界他所能抵达的地方，打印出他意象十足的感受与看法。

今年随新书《我们都是有歌的人》在三十几个城市做活动签售时，每当朋友们提问："唱片时代的音乐作品盛况在今日网络平台兴起时已经看不到了，现在没有好的创作者了吗?"我的回答都是："不，你应该去听听唐映枫的作品。"这真的不是恭维，甚至不是赞美，而是我很确定的结论。眼见当今主流音乐的"伪文艺潮"，姿态十足却空洞的吟兴音乐圈，今日敬幸福、明日敬月亮这种类打油诗满坑满谷地蔓延，耐于咀嚼的作品真的是需要拨开这些雾霾去感受的。好的作品都是耐人寻味的，是需要等待和静心寻找的。这么多年来，唐映枫是我找到的年轻创作者里，最能满足我内心隐秘且不可言喻的唯一期待。

世界永远在改变，有的时候自己会感觉到困扰，因为自己频率过高的复杂情感与感应，从少年、青年直到中年，慢慢往老年走去时，也许是疲倦了，也许是故意不想跟上这个世代的节奏。幸好有唐映枫这样的创作者，及时地给予我一些安慰。

三旬之前

陈鸿宇

在专辑创作期经常发生的一个场景是，早上起床看手机，唐映枫的聊天窗口里半夜撤回了好几条消息，都是他在不断调整的新歌歌词。除了最终确认的那版，往往上面还夹杂着一些没撤回成功的版本。对比着看下来，大都一词或一字之差的调整。比如,《一如年少模样》最后一句，第一版是“唯有时间不可防”，后改为“唯有时间不可挡”，放在词意里看,“防”还有点主动性,“挡”则显得有些吃力了，用“挡”更合适。另外，“挡”唱起来也更顺口。这是中文独有的魅力，一字之差，细品方能有心领神会的快感。

近两年我在社交媒体上发东西越来越少，寻求公共空间上的个人表达就像戴着镣铐跳舞。唐映枫巧妙地把他的日常表达作品化了，这本作品集在某种程度上可看作是他的个人备忘录，因为内容他大都发过，但在网络上的一瞥，和捧着书细细读过，感受终究是不一样的。不一样的地方在于，你是否郑重地，有仪式感地，耗费些脑力，去琢磨这些奇怪组合的文字背后是否有一幅借由你的大脑描绘出来的画面。艺术作品，都是创作者意图通过可具象化的方式，来扒开日常生活里触碰不到的世界，增加感官体验的维度。

我想唐映枫的文字里有这个世界。

作品集这么多年才出一本，这可是多少精华汇聚而成。创作者只要还有探索更多看不见的边际世界的渴望，那么奇幻美妙的场景就永远会在笔下发生。

已经开始期待第二本了。

有字袭来

朱七

文字里，有一个世界。

一个仅凭一横一竖一撇一捺，便能完整构建的世界。这里仅需一种颜色、二维平面，与真实世界相互映射又彼此独立，干瘪且抽象，单调又繁复，丰盛到超出人们的想象。对啊，这世界不过就是些事件、情绪、数字与道理，有什么难记录的呢？

文字里，全是假的。

你眼中看见的“红”字大部分时候是黑色的，你舌尖绝对无法从那个“辣”字中尝到一丝辣味，更别说你常常能看到的诸如“完美”、“顶级”、“女神”这种实在无法感同身受的字眼，或者，还有那个最最重要的字——“爱”，以及这个字所能提供的巨大的温暖……都不存在的呀，不是吗？

当文字被定义了内涵（意思/情感/色彩），再被排列、组合、存储、传播，直到下一个“识字的人”利用自己的记忆、情感、想象、画面或欲望，重新体会（破译/读取/自以为），并由此获得了一些什么……也许，在存储—读取的过程中，真的也能产生一些什么吧？唇齿之间，眉眼之间，每一次误解，便是一次新的创作。那些抽象的一笔一划，只在被大脑皮层刷过的幻觉里，才拥有庞大的信息与巨大的力量，全是假的，不是吗？

真奇怪啊，人类真能依赖这些又繁复又抽象又靠不住的东西，长年累月有效沟通直到今天吗？文字、语言、色彩、情感、音乐……

真奇怪啊，明明是假的，却似乎主导了这个真的世界。

不然，我们为什么从小便要学习文字，又因为坚信文字的意义，才歪歪扭扭，活到了今天。

唐映枫出了一本文字集，里面有那些或许你早就曾经听到过的文字。

那些文字，原本依赖着旋律和人声存在，也正是因为那些旋律和人声，才以一定的逻辑或非逻辑，情感或无情感，一一浮在纸面。现在，它们离开了那些旋律和人声独立出现，白底黑字，一横一竖一撇一捺。印刷体仍是规整排列，却因为背后的旋律和人声消失了，所有字就像碎裂了的电脑键盘，四处散落。自由极了，荒诞死了。

我希望你已经忘了那些旋律和人声，好让这些字在你眼前重新活过来。我又希望你干脆一个字都不认得，这样或许你就能从字里行间，得到我们一辈子都无法获取的精妙。

“你说这世间离奇，纷纷扬扬却无意义”，是一场幻觉吧？果然，这便是“荒唐之一”吗？

文字里，当然有一个世界。

那是一个人类绝不能彻底理解的多维空间，它瘦弱而坚强、寡淡而丰盛、单一而深刻……从最初的最初，在长与宽的二维基础上累加的，便不是“高”这个参数，我不知道是不是“美”，或是“亮”，也许是“味”，或者是“意”，大约，总不是我们轻易能掌握的参数吧。所以，我们成了我们，文字成了文字。彼此利用，形同陌路。

文字里，有一个世界，一个仅仅处于描述、说明或作出约定的世界，一份说明书，或一封情书。我们的爱恨，藏在字里的，难道比藏在心里的更浓烈吗？我们曾无比信任那些文字，又始终无法停止怀疑它们。这几年，我一直在想，我们大概都需要去找到一些文章、诗歌或代码，来重新联结我们被微博、朋友圈、自媒体、鸡汤文，被“初心”、“舒适圈”、“风口”、“匠心”、“梦想”，一次又一次损坏了的与文字之间的彼此信任。

唐映枫出了一本文字集，里面有那些或许能让你找回些许信任的文字。

真是孤单啊，用文字彼此交流的人们。

愿你们愉快，在拆解与重组、荒唐与真心的丛林里。

自序：关于词作的二三事

唐映枫

对很多喜爱音乐却因环境或客观因素无法从事音乐行业的人来说，填词，或许是与音乐创作发生关系的一个机巧的途径。在传统的唱片行业里，特别是二十世纪八、九十年代的港台，填词占据着一个很重要的部分，它与受众市场直接挂钩，我们所熟知的词作者中，如李宗盛、姚谦等，他们本身也是优秀的音乐制作人，一手打造出了不少红极一时的歌手。填词本身是音乐生产体系里的一个附属行业，但如今，“填词人”这个身份更像是一种标签和爱好。如果是按填写第一支demo开始算的话，如果从二〇〇四年的某个课间，我在书本上写下第一段句子开始计起的话，我写词的时间并不算长，但也不算太短，下面要与大家分享的是一些我对歌词的认识和理解，以及创作的心得体会。

关于对歌词的理解

听闻曾有人抱怨国内的音乐环境时说，就对市场的影响而言，过分地在乎文本上的意义，有时反而会束缚音乐本身的表达，放眼世界也很难找出一个地方，像中国这般在乎音乐的词作。如此的说法当然有失偏颇，个人对好的流行歌词的理解是，它更像是贴合制作人对音乐的定位包装完成的一种创作。和所有流行文化产品一样，是在自我表达和取悦受众之间找寻一个平衡点，语言和音乐虽是两种不同的表达形式，但好的词作不应该对优秀的音乐本身造成限制。

关于词曲咬合与歌词创作

我在歌词创作中走过不少弯路，在正式接触到填词前，片面地以为写词的技巧就是押韵，押尾韵即可，也从不考虑旋律的走向对发声的影响。

实际上韵脚的处理方式有很多种，最常规的如一韵到底，以及一段写完之后转韵、借韵，这些手法适宜用在旋律和节奏鲜明的曲子上。举个稍显极端的例子——说唱歌词，落韵的点就需要与重拍吻合，此类歌词韵脚尤为密集，因为它基本等同于一首歌的节奏。譬如蛋堡在《少年维持着烦恼》中写道：“写成一首诗 / 他投稿在校刊 / 佐青涩的文字 / 是青春的套餐 / 他了解少年不怕累 / 老人怕爆肝 / 不懂人长大爱孤独 / 小时怕落单……”鲜明的节奏感通过文本便可窥见。同类词作中，通常还会运用到诸如转韵的技巧来调整歌曲的听感，并增加词作内容的丰富程度。

这里着重说一下自由韵。自由韵看上去容易，实则不然，因为它要求整体语感有现代诗一般的内在韵律作支撑，否则会显得干瘪无味。我个人倾向在平实舒缓的旋律中使用自由韵去填写，让歌曲在表达上更接近口语，去技巧化地娓娓道来，朴素的修辞也会让人声和情感更为突出。例如陈升老师的《不再让你孤单》写道：“我从遥远的地方来看你 / 要说许多的故事给你听 / 我最喜欢看你胡乱说话的模样 / 逗我笑……”整段没有重韵，但入曲没有丝毫牵强。相同的例子还有很多，比较经典的是林夕老师的《至少还有你》。

另外值得注意的是押韵的一些禁忌，如凑韵，这是比较常见的一个问题，即为了押韵，强行赋上一个与上下文不贯串的字眼，网上笑谈“作词人为了押韵什么事儿都干得出来”便是指这个；重韵，同一句歌词出现了相同字音的词汇；哑韵，即依附旋律作“开口音”与“闭口音”的选择。

对填词有兴趣的朋友可阅览一些声韵学方面的书籍，起码掌握“五度标记法”这样的一些常识，明白平仄韵与旋律的关系，开闭口音的取舍。当然，能够掌握一些浅显的乐理知识最好。

通常新手在第一次收到歌曲的demo时，会明显感觉到束缚，合着拍子无从下笔，原先绝妙的想法落到曲子上根本施展不开。克服这个问题的办法，唯有多填。当技巧变成一种写作本能的时候，才有丰富表达的可能。事实上，相较先人们在词牌格律中严苛的创作条件，流行歌词的写作已经算是相当宽松了。

关于流行歌词的结构

流行音乐的结构普遍分为主副歌，主副歌里通常会有AB段，一段四句左右，有些歌曲在主副歌的间隙会有一个桥段，有些则无。说到这里，再向大家推荐一下王国维的《人间词话》这本书，书里提出的例如“造境”与“写境”的论点，对歌词的创作和深一步理解来说很是受用，也可直接套用到流行歌词的创作中。

通俗的流行歌词讲求由境入情的写法。在主歌部分通常是代入一些相关的意象，通过写景、写物来营造氛围。以周杰伦的《枫》为例，主歌用“乌云在我们心里搁下一块阴影／我聆听沉寂已久的心情”铺垫，进入副歌以“缓缓掉落的枫叶像思念／为何挽回要赶在冬天来之前”转而抒情，利用一些更口语的文字来表达观点和态度。流行歌词中的所谓“金句”，能够让人留下深刻印象的反复吟唱的段落，常常出现于此。而此前说过的桥段，如《枫》这首歌里的“在山腰间飘逸的红雨／随着北风凋零／我轻轻摇曳风铃”这句，在一首流行歌词里起到的则是承上启下和丰富情感层次的作用，也可辅助旋律在听觉上显得不那么单一乏味。

以上说到的只是创作歌词通用的套路，它保守但实用。在实际创作过程中，会遇上很多不那么拘泥于套路的音乐人，但在此之前，熟悉和掌握构建在这种技巧上的套路是必要的。

关于如何成为作词人

现在我们面临的是传统唱片工业模式转型的时期，随着音乐制作的门槛降低，大量的独立音乐人异军突起，大家通过网络能接触到的音乐类型也是从前不可想象的。

在这样一个分众市场环境下，各大厂牌、唱片公司更需要的是有能力自己包揽词曲创作的音乐人，通过投稿唱片公司的方式进入这个行业显然是不太可能了。

但也正因为如此，词作者可以通过网络的方式，便捷地让自己的作品被音乐人看见从而建立合作，亦或留意网上各大唱片公司每年举办的词曲原创大赛，值得关注的如台湾华研。虽然即使比赛最后获得名次也会面临作品被比稿的命运，实际的成品率不高，但也值得一试。最后，选择从事与音乐相关的工作，再主动寻求与音乐人合作，也算是一个不错的途径。

关于作词心得

我的经验是尽可能多地接触不同的音乐风格，包括但不限于流行、爵士、新金、后摇，从而提高对音乐的理解能力；尽可能多地阅读不同的书籍，包括但不限于新诗、散文、地摊八卦，从而提高对生活的感知力；最后也是最重要的一点，衷于表达。

结语

以上是一些个人的、粗浅的经验之谈，对于有意愿写词创作的各位，也许适用，也许不适用，还请审慎理解。直至今日，我依然认为我是一个游离于音乐行业之外的创作者。七年的人生，以这本小书作结，它囊括了我在这几年内创作的词作、随笔、杂文，记录着我这几年的生活状态和碎思冥想。在我看来，表达是如此重要，幸运的是，我在少不更事的年纪遇见了文字和音乐，它们是我三十岁前与世界沟通的方式。作为一名词作者也好，一个音乐人也罢，表达并不仅仅是为了表达本身，同时也是为了更好地记录和认知自身与这个世界的关系。我想，创作应该和生活一样，并没有正确答案，唯有保持住恰当的距离，才能产生恰当的共鸣。我明白自己还有很长的一段路要走。

目录

单曲词作

二　没品集

三　故二月冬去

四　短句

五　杂文

一

词作

浓烟下的诗歌电台

途中

夕沉下的飞鸟
影子多细长
夜宿在某山口
雾气湿衣裳
挎壶酒，给荒野
饮酌那秋黄
不吁然，不吟唱
只拾掇行囊

趟出这片枯寂就趟过生长
遇见风起水浪就遇过虚妄
忍住顷刻回望就忍过恓惶

一如年少模样
日升抑或潮涨

痛彻抑或善忘
你要去的地方
四野细雨春芒
太轻，太急，恓惶

听街声，闻世况
或走俗寻常
经戈壁，过断桥
塌落泥土香
递根烟，给路客
解乏这星光
茧磨在，鞋跟上
无所谓远方

趟出这片枯寂就趟过生长
遇见风起水浪就遇过虚妄
忍住顷刻回望就忍过恓惶

一如年少模样
苦旅抑或迷香
欢喜抑或坠亡
你要去的地方

遗情处有诗章
更行，更远，还唱

沿途避走齐脖的深草
和滚落衰亡的陡坡
给蹭过车的老司机递烟解乏
不惦记竹筒盛雨露的事儿
你要爱荒野上的风声
胜过爱贫穷和思考
暮冬时烤雪
迟夏写长信
早春不过一棵树

早春的树

臂弯做衣架
摇晃在庭前
腰杆做长椅
你轻靠或躺下看书

耳朵做一串项链
被你锁进铁盒子
眉目流转做扇窗
你常在沉默时凝望

而我的身世，已经早春
弃于某片荒芜，你经过我
半生的意义，如此取舍
骨头在晒干后，还能生火

背脊做张床
偷听你呓语
发丝做门帘
折叠成深秋的阴影

双脚支起一面镜
清早时你好梳妆
手指耐看做陈设
掌心纹精致得不需要打磨

雨季一过，门栏前吐新芽是我
隆冬时节，壁炉烟尘是我
枝椏伸往，更远处的芦边湖泊
鸟儿惊起，便将叶子抖落

你只是经过

睡房一端，被日光泻满
啤酒几罐
你的诗写我都乱弹
唱碟旋转，你忽而向晚
来去也慢
暮色弄脏冬夜被单

经过，两人听窗圆满
途经过臂弯
经过，盲目平淡喜欢
一滴点波澜

来信烧完，再消磨苦短
旧日遗憾
随缘撩散，可有清还

在我身畔，你客居一段
夜车星繁
寂寥闪烁，时而晦暗

经过，小雪街灯取暖
途经过痴缠
经过，玫瑰雾色晚餐
去不到晚安

只好，各自聚散
也好，各自无关
只好，各自聚散
也好，各自无关

来信

青空下列车往返无声
忽觉夏长
而昨日烟尘漫过白墙
小城如荒
收到你寄来信片一张
手写诗氤氲迷香
近况且如常琐碎几行
落款处友人谨上

如常，工作谈情如常
迷惘也都如常
你看许多人在路上
仍不解为何而忙

笑也困倦，举杯如常

孤独大都如常
你说生来是种补偿
诚然才体谅何为失望

年少时就想听雨靠窗
日头虚晃
转眼间三旬谈笑过场
可有担当
生活以线路织一面网
每个人择食而亡
信中那故往纸上客乡
辗转而成一张床

如常，攀附圆滑如常
模样也都如常
你看我们都在路上
仍不解为何而忙

累也熙攘，病倒如常
世故大都如常
你说不再虚设远方
诚然才理解何为远方

而想来也虚张

寄字句青苍

暮雨遥长

人惶惑亦如常

理想三旬

雨后有车驶来，驶过暮色苍白
旧铁皮往南开，恋人已不在
收听浓烟下的诗歌电台
不动情的咳嗽，至少看起来
归途也还可爱，琴弦少了姿态
再不见那夜里听歌的小孩

时光匆匆独白
将颠沛磨成卡带
已枯卷的情怀踏碎成年代

就老去吧，孤独别醒来
你渴望的离开，只是无处停摆
就歌唱吧，眼睛眯起来
而热泪的崩坏，只是没抵达的存在

青春又醉倒在寂寂无名的怀
靠嬉笑来虚度，聚散得慷慨
辗转却去不到对的站台
如果漂泊是成长必经的路牌
你迷醒岁月中那贫瘠的未来
像遗憾季节里未结果的爱

弄脏了每一页诗
吻最疼痛的告白
而风声吹到这已不需要释怀

就老去吧，孤独别醒来
你渴望的离开，只是无处停摆
就歌唱吧，眼睛眯起来
而热泪的崩坏，只是没抵达的存在

就甜蜜地忍耐，繁星润湿窗台
光影跳动着像在困倦里说爱
再无谓的感慨，以为明白
梦倒塌的地方今已爬满青苔

浓烟下

秋后的浓烟引燃起诗意的哑弹
而舆论的道友他们以“孤独”执笔
线上盲从的趣味将投机变现
朝往城乡扔掷情怀的骨头

曲解掉每一句无聊的抒情
跻身进每一场觉知的消费
呕吐出每一段构陷的愤怒
善忘的过来人……

嗤笑着围观去或热血地倒下
漠然地前行在大醉后出走
手持公平的油桶苟且而沉默
在最迎合的部分言笑不由己

虚荣且振作吧再不经意刺破
每一句出口又咽住的乡音
歌声沉痛落地再轻浮地扬起
动人的永远只是半成品和你

昨日擅长刻奇而无意义的口号
世故的弦一扫开嗓溢出血腥味
将诗歌谱成霓虹深处的消遣
而批判总会取巧绕过深渊

徒步去每一方塌陷的野史
皈依过每一次信仰的勃起
再交换每一口例行的举杯
嬉皮的青年哟……

伪善地盖被吧或幽默地行凶
将时代分食成油腻的糖果
捧杀偶像果腹或与先哲谈情
纵欲的吟唱后埋下头解渴

这里急需一些更庸常的刺激
为理想的圈笼得以亲手筑立

歌声沉痛落地再轻浮地扬起

而我能给的恰好大都无意义

霓虹深处

八通线要去哪里
满载着倦意，开往沉寂
惶迫中见惯疏离
少有言语

电台商线开发区
巨幕前蚂蚁，吞吐尘气
为一口食的寻觅
困于罅隙

理想的街店拆完又筑起
近些年老友也不再常聚
纷繁情爱里如果无所依

我曾经以为遗憾给我往事

生活也不会吝啬一点诚实
却不曾明白昨日的刻骨已盈余
待城中换季便已失去深意

斑马线那方的路听说被管制
漠然如我
选择止步庸常中
难以为耻

而远在霓虹深处发光的房子
已交错得
需要为公平匍匐
然后仰视

电话另一头亲人的样子
也将快老得健忘被搀持
无暇劝慰再替光阴解释

我曾经警惕曾听来的道理
以为一启程途中便有目的
却不曾明白这一刻我来过的意义
而后恍悟无谓再提

从人群中走过一个女子
让我想起一些很久前的事
想起一枚来不及递出的戒指

鱼干铺里

迷藏

脏兮兮，数数五三二一
咳喇鼻涕，眯眯眼闭息
个烂芭比，说它喜欢你
野花丛里，丢了半只臂

来，来抓我呀来
哭哭啼啼，又笑嘻嘻
来，来抓我呀来
哭哭啼啼，又笑嘻嘻

没出息，数数五三二一
秘密有趣，喂野狗和鸡
个小垃圾，偷瞄耍赖皮
挂去树梢，关进灰墙壁

来，来抓我呀来
哭哭啼啼，又笑嘻嘻
来，来抓我呀来
哭哭啼啼，又笑嘻嘻

南国小圣诞

今夜你还在听岛屿的电台
钟摆多期待
A blessed angel comes
雪花和告白融化开

Give me a Merry Little Christmas
A snowy Christmas
Starry sky tonight
Hey，夜车你往南开，你往南开

Give me a Merry Little Christmas
A snowy Christmas
Starry sky tonight
Like a dream
The sound of my dream

别停下来

路牌转寒带，车厢内，人潮外
海天鱼肚白
A blessed angel comes
浪花和灯彩升起来

Give me a Merry Little Christmas
A snowy Christmas
Starry sky tonight
Hey，夜车你往南开，你往南开

Give me a Merry Little Christmas
A snowy Christmas
Starry sky tonight
Like a dream
The sound of my dream
寄给亲爱

月光挂窗外，小雪橇，摇摇摆
繁星落下来
A blessed angel comes
想念和尘埃多可爱

儿时

铁道旁赤脚追晚霞
玻璃珠铁盒英雄卡
玩皮筋迷藏石桥下
姥姥又纳鞋坐院坝

铁门前篮筐银杏花
茅草屋可有住人家
放学路打闹嘻嘻哈
田埂间流水哗啦啦

我们就一天天长大
甜梦中大白兔黏牙
也幻想神仙科学家
白墙上泥渍简笔画

我们就一天天长大
四季过老梧桐发芽
沙堆里有宝藏和塔
长板凳搭起一个家

日子总慢得不像话
叶落满池塘搬新家
二十寸彩电皮沙发
五点半大风车动画

晚饭后纳凉星夜下
萤火虫微风弯月牙
大人聊听不懂的话
鬼怪都躲在床底下

我们就一天天长大
记忆里有雨不停下
蝉鸣中闷完了暑假
新学年又该剪头发

我们就一天天长大
也开始憧憬和变化

曾以为自己多伟大
写了诗不敢递给她

我们就一天天长大
听磁带偶遇榕树下
白衬衫黄昏木吉他
年少不经事的脸颊

还以为自己多伟大
写了诗不敢递给她
小小诗不敢递给她

淤青

我见过太多善变的风景
差不多绝美或冷清
也去过云上最深的山岭
听见流星燃烧夜空的声音

后来我不敢太任性
并学会诚实地聆听
想捕捉每个天真的背影
关进我成年的梦境

在夜深时写封信
用最难言喻的句型
寄给孤独的黎明

你看窗外的路灯好安静

我就是现在才决定
以最决然又陌生的心情
奔赴这世上最辗转的旅行

想遇见更好的事情
偏偏在你沉默这一秒
就绮丽而温馨
捡起时光散漫的脚印

想起一出好旧好旧的电影
谁陪我看过却无言证明
竭力去拥有之后
只剩过火的淤青

孤独及其所创造的

饮醉不止马匹
还有肃杀黄昏
结伴成行的欢愉
我呆坐于肥胖里

唔……
从未情欲而得体
不甘果腹所以菩提
攀缘不得而已

破碎的人呐
将心底暮色托起
贪慕衰老仿行诗句
从未真正失去

晨早不止风息
还有枪和肚皮
趔趄上岸的青年
因为言语而秩序

鲜活的人呐
从未情欲而得体
不甘果腹所以菩提
攀缘不得而已

深渊的人呐
吞咽子弹与潮汐
不断出离再凋敝于
世道的阴影里

温柔地枯寂
为眼前四季屏息
不解自由然后自缢
自然没有目的

时间所赋予
从未流动而具体

一如孤独所有赋予
从未存在深意

你以为我是你
没有人是自己
所寻的终将失去
所爱的终归怀疑

秋叙道别时

无事风尘的秋
我四季的亲人
迁户城南十里
野火依然

叫卖“时光”那谁
他走错宁静湖
在提灯而来的夜
诗人已打烊

世间的细语声
来去如知更
人是如往常一样

十月已没有再下雨

梧桐几叶飘荡
换下一身风浪
将年岁换上

十月已没有再下雨
拾趣晚风记秋凉
年少时爱回望
记错爱的人

无事风尘的秋
我四季的亲人
裁去疲倦的笑
衬新衣裳

叫卖“往昔”那谁
他走错来时路
在提灯而来的夜
诗人已打烊

世间的细语声
来去如知更
人是如往常一样

十月已没有再下雨
梧桐几叶飘荡
换下一身风浪
将年岁换上

十月已没有再下雨
拾趣晚风记秋凉
年少时爱回望
记错爱的人

北区楼四

隔壁家阿伯拒搬出旧楼，可愁坏了儿女
他那脾气事关栽花、养鱼，和楼下黄梅戏
而一卧三居老伴走了后跟他是没关系
他说他老了，住惯了这里，新房他大概是等不起

下岗的老王是出租司机，爱侃而不失礼
女儿读专科，没考上大学，他说随她去
让他困惑的是网络和手机，生意不如过去
愁不过生计，这变化叫他顾不得腰上的旧疾

生活它就这么继续
也许不太尽如人意
也许就这样才显出生趣
不必额外附赠些道理

生活它就这么继续
也许不太尽如人意
也许就这样才显出生趣
才好避免一些些刻意

学文的小冬北漂搞音乐，他随“垮掉”而去
麻烦的哲学和肮脏的主义，他抗争抗自己
为自由工作，为创作自闭，急需点新意义
艺术在嘴里，出路在哪里，有个小城他回不去

生活它就这么继续
也许不太尽如人意
也许就这样才显出生趣
不必额外附赠些道理

生活它就这么继续
也许不太尽如人意
也许就这样才显出生趣
才好避免一些些刻意

我打小就生活在这里
二三邻里疏淡不稀奇

长大没想过原来回不去
也曾有梦要往别处去

我打小就生活在这里
二三邻里疏淡不稀奇
长大没想过原来回不去
平淡里也有个我自己

新婚的阿余八年撑到这，他竟觉得失去
生活的账单，交时间付齐，总有些舍弃
有责任要担起，但又不心安于，只能这样而已
听老友几句，权衡多利弊，他这才算甘于油米

缝纫机

你脚下的缝纫机在转呀转呀嘎噔儿转呀转呀转
九二年在市场开小店，为街坊邻居做衣裳
你的那个娃娃刚会走路，才长齐牙，没曾想长大
隔壁理发店的孙姨说，他长得跟你可像啦
日子好比那荫绿老窗页上蒙尘又脱胶的窗花
潮涨的海港你牵我走过远岸，月季正发芽

你脚下的缝纫机在转呀转呀嘎噔儿转呀转呀转
拾掇起针线，将岁月和旧皮革都撑上衣架
那阵下学必经商水店，搬去郑州路时，刚过春假
熙攘的闫家山集市，现今快要堆满拆迁的砖瓦
有些事不到亲历，听来笑话，没痛惜才不觉得怕
要等青春不复，才恍悟人生不知在何处被落下

你脚下的缝纫机在转呀转呀嘎噔儿转呀转呀转

转过小小的家，转过四季，转眼鬓角有白发
厨房冰上啤酒，桌旁几粒毛豆，要近黄昏才歇下
多少个昼夜折旧成皱纹，悄把担负藏进枕边话

光阴就在那不拒衰老不觉盈亏的日常中倾塌
你依然转呀转呀转去远方
远方有我不像话，辗转的牵挂
你依然转呀转呀转向远方
远方的我有好些话，不太善表达

某天下午有一青年爬上××桥头

路过商铺厂屋，听到有人要从桥上往下跳
我拎上两大袋烂香蕉，跑过去凑热闹
街道被堵爆，小情侣捂嘴巴叫，俩民工正说笑
一女孩不耐烦，猛扯她妈衣角
再分分钟好声音开始了，这叔叔到底跳不跳
她妈说耐心好，照现在情况来看，有很大机率等
得到

这种场面纯属玩心跳
什么立场不重要，不关己的想法不要
从抑郁猜测到招摇
绝望说起来也巧，反正温情太无聊
态度要乐于唱反调
把情绪都酝酿好，就差这纵身一跳

别说荒谬，现实太燥，要点燃道德感会爆
悲悯到蹦又跳，最后也只落个话题聊
崇高犯不着，只怪人心没解药，而冷感是佐料
时间一分一秒，警车也刚才赶到
有人散掉，怨声载道，这磨磨叽八成死不了
还说要有诚意，小伙儿你最好回家，锁上门烧个炭上吊

这种场面纯属玩心跳
什么立场不重要，不关己的想法不要
从理想调侃到温饱
公平像一句玩笑，压力大到没烦恼
麻木还是说管不了
世故人情要吃饱，才好爬到更高

这种场面纯属玩心跳
什么立场不重要，不关己的想法不要
从自尊说破到惹笑
快放烟幕或开导，示弱是为了投靠
把太刺痛的忽略掉
上面的风景是好，底下也没有太糟

我来过

我来过，你的快乐与曾经
你一挥手，我就告别成一道风景
嬉笑轻轻都是常情
是决定，也是回应

我来过，你的孤独与倾听
你一微笑，我就失言成一叠长信
多好如今还是真心
玩笑话，依然动听

我来过，你的不安与认定
你一睡着，我就深爱成一片阴影
每次永远也是途经
不任性，也不冷静

……

不用太冷静

一如年少模样

一如年少模样

昨日担当，昨日敢想，昨日转眼就跌撞
夏时梦长，秋是昼短，清冽途上不远望
薄情于痴，贪小于妄，市井冷眼没浅尝
难予疏淡，难在得失，难是求而不得

一如彷徨，一如年少时模样
寻几处好景破星光
一如原谅，一如年少时模样
觅几句爱人留绵长

多少凉薄世态可动荡
还有孤独要顽抗
多少遗憾自负存念想
唯有时间不可挡

后来奔忙，后来失望，后来他乡即故乡
困饱两餐，诗写云上，早春一去又如常
刻骨于雪，失落于风，长情意在夜雨香
故事易写，年岁难唱，最是此刻不枉

一如善忘，一如年少时模样
经几场圆滑换锋芒
一如流淌，一如年少时模样
想避世更要在世上

多少凉薄世态可动荡
还有孤独要顽抗
多少遗憾自负存念想
唯有时间不可挡

蜜

河道旁的火具，镰刀上的蜜
白马燃起，镂一段虚空如你
在万花筒里
窥见四季而情欲将奄息

时而鱼贯地来
红绿
时而浮潜地去
颤栗

心瘾生淫迷
狂喜生肆欲
愚生炼狱

毛毯下的沼泥，落九天的鱼

电音耳语，折一管鲜活如你
在水中镜里
窥见执迷而惶惑不止息

时而极乐地来
涟漪
时而黄昏地去
又去

花非花地呼
雾非雾地吸
指甲里的星空
破山川的风
麋鹿跳动

雨好

尤其四月，浮草间鱼儿跃起
墙头破茧，枯木点绿
铁罐叮咚有趣
春雨一把梳洗

尤其六月，碎瓦里觅竹节须
香蒲枝下，水波吐气
颈脖上一只蚁
夏雨一场眠去

伞下人，提灯去
烂瓜果，滴答滴
隔帘幌，正馥郁
梅黄时，滴答滴

尤其九月，一口烟来老翁长吁
该农忙去，该织棉衣
该修破摇摇椅
秋雨一段梦呓

尤其腊月，炮竹烟尘里弥香气
早间落雾，枝头见白
果糖碎纸遍地
冬雨一点拾遗

滴答滴，绵且密
彻骨来，清透去
潺潺地，如青溪
过雪泥，滴答滴

食味

蜀地的灶台旁，挂上了一串熏肉
传统的五味在蒸笼里泛起清油
耕夫在拂晓的春雾里，摘拾着青豆
农家的炊烟徐徐升于空山新雨后
清蒸蹄花以大豆入味，口感更香稠
闷火肝腰烹出色香只消两滴料酒

老翁盼归少年人
他两颊已清而瘦
碗碟里夏耘秋收，源远流长
全凭此间四季一双手
异乡的游子哟
但且勿忘姥爷家那一杯二锅头

让南北的隔阂，在口中化为乌有

而流水席上的食材，也不乏有珍馐
莲藕在南山下的紫砂盅里渡着舟
都城在这纷繁时代里，不变的是乡愁
将冬笋与牛腩，在砂锅上焖煮到火候
让舌尖咀嚼出千里外的辛劳与邂逅

老翁盼归少年人
他两颊已清而瘦
碗碟里夏耘秋收，源远流长
全凭此间四季一双手
异乡的游子哟
但且勿忘姥爷家那一杯二锅头

还乡去

青松排两旁，中稻与泥塘
垂钓两三竿，不远是工房
早起有浓汤，雾水是清凉
二月喜色来，爆竹啊禁放

还乡又还乡
只怕来年无新愿
而旧愿还尚未偿

亲疏也拜访，年味见卖场
老友新婚啰，不便家里躺
工作如意否，家人可变样
酒菜桌满香，倾谈说不上

还乡又还乡

只怕来年无新愿
而旧愿还尚未偿

还乡又还乡
我的来年无新愿
我旧愿也尚未偿

硬骨见鹿集

记昨日书

聊疾苦，一半犬儒
谈春色，不辩虚无
记昨日书，三两章林深见鹿
你说这聊胜于无

凭洗尘，一点风骨
也糟粕，诗酒止步
记昨日书，赠一笔寂寥深处
你说这人间是苦

你可知这百年，爱人只能陪半途
你且信这世上，至多好景可虚度
不为菩提
见过废土
才更爱一无是处

承认吧，这是迷途

兜兜转，来去荒芜
记昨日书，你说人生来善妒
敢看破不敢在乎

要轻浮，还要亵渎
求不得，郁结满腹
记昨日书，所有情事无错付
遗憾美在于执固

你可知这百年，爱人只能陪半途
你且信这世上，至多好景可虚度
不为菩提
见过废土
才更爱一无是处

你且听这荒唐，春秋走来一步步
你且迷这风浪，永远二十赶朝暮
将昨日事
归欢喜处
我们都需要自渡

人间情事

在春天的酒瓶里
在波心的闪现里
像一个秘密被人间藏起
百年之后依然藏起

时光盲目有深意
我只愿你是自己
顷刻欢愉荡开
是半生涟漪

关心工业和书籍
探讨童年与苦菊
我们从各自宇宙
赎回自己

世上有万千质疑
往彼此深处逃离
在所有误解里
你是美妙的失语

候鸟过境时的雨
四季断流时的绿
当未知的变成规律
我做你诗句

你是存疑的真理
忽而难测的失去
当这一切不明意义
你成为意义

在春天的酒瓶里
在波心的闪现里
像一个秘密被人间藏起
百年之后依然藏起

一列绿皮

我躺在第十六号铺车厢
看雨后云的流向
以几本未读的书充行囊
偶尔一片野花飞窗

邻座的扑克与呼噜声响
叫雨季比以往长
一车汗味中油腻的面汤
将皱软的票根存放

摇摇晃，摇摇晃
这样沉默地走在疲倦路上
摇晃，摇摇晃
人们在途中才试图找方向

也许终有一站我将抵达
剩下的旅客呢
也许终有一站我会习惯
可后来的旅程呢

吸烟区尽头人三两蹲坐
漫无目的地冷场
与陌生人不经意间对望
他是否也和我一样

你看九月的河谷与村庄
飞驰过星火城邦
窗外的景如幻灯般走场
我也倦了于是侧躺

摇摇晃，摇摇晃
这样恍惚地走在将晚路上
摇晃，摇摇晃
原来在途中已有既定方向

骑自行车的人

放学后总盼着窗外一人，探头来接我
他身穿汗衫，背微微驼
挎着铃铛的小车有些旧，他招招手来
抱我上后座，像船起航

他总问我今天
又新学到了什么吗
我说字母和图画
还有那宇宙无限大

他总回头问我今天
有什么有趣的事吗
我说阿花掉了牙
好奇地球的边在哪

小车旧了，再拐个弯
下个路口，还要骑多久
穿过树荫，我拉紧衣袖
六点半了，星星冒头

还要多久，再拐个弯
下个路口，还要骑多久
过两座桥，才到家门口
有些饿了，妈妈等着我们俩

他总问我今天
又新学到了什么吗
老师教了外国话
还有那燕子搬新家

他总回头问我今天
有什么有趣的事吗
我说上课举手啦
这样子算不算长大

小车旧了，再拐个弯
下个路口，还要骑多久

穿过树荫，我拉紧衣袖
六点半了，星星冒头

还要多久，再拐个弯
下个路口，还要骑多久
过两座桥，才到家门口
有些饿了，妈妈等着我们俩

放学后总盼着窗外一人，探头来接我
他身穿汗衫，背微微驼
挎着铃铛的小车有些旧，他招招手来
抱我上后座，像船起航

鸟的世相

我纷扬的世间

失望于你，仿佛听见什么在低泣
疲于失去，不争年月尽头无意义
昨夜你对我说，来探清生活的底
这是轻薄之一，乏味人生的执迷

不再讶异，那些夜航、情人及岛屿
野火一季，荒了玫瑰、酒瓶与自己
昨夜你对我说，偏爱饮醉与朝夕
这是荒唐之一，归苍白的自留地

你说这世间离奇，纷纷扬扬却无意义
年少一去，黄昏先去
孤独的人孤独里聚
深渊作床来睡去，深渊作床来警惕

六月的雨，清分星空、烟草及诗句
开始安于，小城油腻、半生的欢愉
昨夜你对我说，错解对抗这道题
这是苟且之一，大雪人间的失语

所以失去
原来年月尽头无意义

你说这世间离奇
纷纷扬扬却无意义
你说这世间离奇
纷纷扬扬却无意义

故乡的四种死亡方式

河坝，稻谷，土瓦房
灶台，蚁穴，藕汤
陀螺，火车，灰衣裳
早雾，鱼市，蚊帐
这是我六岁的故乡
烟火闲趣的模样

广播，春燕，电杆上
流水，长席，麻将
铁门，彩电，矮冰箱
树墩，老狗，炮仗
这是我成年的故乡
十里人情的模样

春夏枯草长

秋冬雨绵长
这是我成年的故乡
十里人情的模样

破车，城区，二期房
茶馆，小酒，婚丧
年月，清冷，白兔糖
离家，工业，夕阳
这是我怀念的故乡
无声远去的模样

春夏枯草长
秋冬雨绵长
这是我怀念的故乡
无声远去的模样

月桂，石桥，迁工厂
二环圈筑屋旁
新漆点在竹椅上
烟卷，老人，泥塘
这是我陌生的故乡
却是谁六岁的模样

星空铁皮曲

要去哪你说，海港或大漠
绿林升星斗，如远镇灯火
你在唱什么，老情歌温柔

行过了浪潮见沙丘，雨雾里鸟鸣变鲸歌
我只是经过没停留，月隐前还有路要走
行过了城邦更落寞，小酒瓶晃晃起篝火
我只是经过没停留，日出前还有路要走

铁皮头向左，见岛屿转右
北斗星向左，入国道直走
不虚设终点如何，就乘着夜色上路

月牙如琥珀，要去哪你说
寂静里有光，远方是南国

你在唱什么，老情歌温柔

行过了灯塔迎风波，这片景被谁记录过
我只是经过没停留，风息时还有路要走
行过了迷途见远阔，这孤独被谁书写过
我只是经过没停留，路过这一刻下一刻

关于风起时

风起时背向我的那个短发少年
他平静得像一只无处可栖的鸟
小城中的人们野草般拼命弯曲
来迎受如同父辈与庸碌的谈情

在每个蝉响声掩住抑郁的近夏
我想起归乡路绊倒童年的昨天
那怕羞的诗句已快快避开
你尚缺一整场失望才中年

六月槐木生长，你指向楼宇错落
不辨乡音的青年人直行而过
他们目光里没有海，唯有理想起波澜
生活没有识破的，你该识破

风起时背向我的那个短发少年
他疲倦得像某个风尘归来的人
而怕羞的诗句已怏怏避开
你尚缺一整场失望才中年

致昔日的冬

我看见冬雾覆盖着
高楼间草木的轮廓
从酒馆、四环与商铺
走出几个神似的人
他们的脸上多出的欲望
掩藏住了情爱和肥胖
这是二月最后一个清晨
这是二月最后一个黄昏

这平乏无奇的一天
这令人心慌的一天
在怯懦被识破之前
成为一个温和的人吧

我只是看见并转过身去

在赶往喝醉的途中
在穿过所有失望后
总有什么仍需要赶往

这平乏无奇的一天
这令人心慌的一天
在怯懦被识破之前
成为一个温和的人吧

幽微的红灯箱亮起
往来行人紧裹着衣物
枯枝下烂透的纸页
盘旋着飞蝇和雨雪
所以热闹且困惑的青年
你靠什么撑得住幻灭
这是二月最后一个清晨
这是二月最后一个黄昏

雀枝

哎呀，你听星河闪电的密语
变成数学或异端的病句
所以，囚笼大多数幽默少许
嘟嘟嘟嘟嘟嘟嘟嘟离奇

逻辑的枝头
怀疑的王后

科技，联姻佛祖来造新玩具
刻奇，诗人宣布妈妈盈利
不过，一部分严肃仍消治理
嘟嘟嘟嘟嘟嘟嘟嘟可气

它们飞起来
世道也亮闪闪

像鸟儿一样
俯瞰各自的形状

哎呀，满载药与贫富的船里
多出一把没有来历的枪
有趣，性之焦虑，吃喝是母题
嘟嘟嘟嘟嘟嘟嘟嘟目的

主义的枝头
体面的王后

它们飞起来
世道也亮闪闪
像鸟儿一样
俯瞰各自的形状

我要赞美真理、矛盾与戏剧
拒绝来自电气声的致郁
不再回六岁当天虐杀蚂蚁
嘟嘟嘟嘟嘟嘟嘟嘟蚂蚁

世间的枝头
各自的王后

小城中

七点放工接娃娃的人
广场上暮年情谊的人
露天排档在划拳的人
凌晨醉倒在花台的人

酒桌上依次举杯的人
K歌后门在拾荒的人
柜台处帮忙插队的人
开发区单间按摩的人

不关己西装革履的人
因压力神情麻木的人
肄业后肥胖在家的人
公交上昏昏欲睡的人

商厦楼下举横幅的人
急症室外签免责的人
二环上资本轰鸣的人
火车站口最可疑的人

婚礼上闲言起哄的人
白事里锣鼓助哭的人
油烟七年被出轨的人
情爱悲喜中惶惑的人

不思考局部正义的人
可开脱凡事中庸的人
小城之中最普遍的人
小城之中最善变的人

噢，他们
噢，我们

无法清分的事物

梯形构图

一排树洞等着秘密
光也在等恰好的阴影
将六点一刻的灵魂摄入

黄昏时等人来敲门
而敲门的人走错时间
也在等黄昏

迷信

星夜倒推出无数双眼
潮汐倒推出光
如你迷信规则一般倒推
平丘倒推出荒洪
子弹倒推出禅
而我
潜下进化的泥沼
怀疑自己
哭错了时辰

月光倒推出某种假象
死亡倒推出灯
如你迷信常识一般倒推
灰墙倒推出热风
血肉倒推出梦

而我
熄灭真相的火把
掷向深渊的
不止是极夜

情人倒推出某种文明
图腾倒推出冬
如你迷信主义一般倒推
饥饿倒推出因果
四季倒推出神
而我
错过谎言的进程
一切新知
都如同囚笼

失语

你论悲笳的调性
是娱乐
恸哭声无一例外

在所有形容词打头的
关于沉痛的表述里
我猛地意识到
语法的轻佻

情节上
悲戚的面容饱满
要实在拧干才接得住
而风起了
则是太过取巧的部分

狂喜

往生的秘密
像一张极不自然的地图
我为欢愉踏入泥沼
把零点的阴影交给酒神
把指纹也交出去
给律法或情人
罪孽可不是时候
出生也尚早
杀戮可不是时候
欲望也尚早

钨丝灯

日子还很长，你说
这误解半生的秘密
不必等那芦苇织好
将其烧成浪花的形状
这是钨丝灯的肿痛
最后的一次被破开
在水草溢满的床头
在淹没鱼尾骨的星夜
当时间没有敌意时
孤独它就自己往外渗
像停止流动的暴力
或粗粝粝的吞声
我们亲吻着不说话
听见白墙外有船驶来
听到暮色快要塌了
才想起要下床去将它扶起来

饮下

饮下一口万骨的矿
饮下血冻与弹壳
冬来灵体枯朽
我是生吞的火种

饮下一口野史的雾
饮下彼岸与城池
喜鹊栖于鹿角
我是孤独的寄生

饮下
从逃逸起始的进化
一百亿之一的瞬间
饮下

饮下一口白蚁的梦
饮下秩序与镂空
没有火山没有
我是欲望的果实

饮下一口深林的水
饮下孤独与生息
火把引燃鹿尾
我是灵魂的机器

饮下
从猎捕收获的因果
如命运一般的口渴
饮下

无法清分的事物

譬如昨日
炮弹刚一下葬
哲人就出土

譬如情爱
似急喘的盲人
拄拐探幽径

譬如深山
人在肚饿时下雪
并羞于提及白鹭与雾

譬如倒影
似琴弦的投射
众神自证，但不可证伪

譬如诗歌
类似潮汐之间
存在为何，历史倒扣住梦境

譬如觉知
类似濒死体验
幻象来自一只爬出耳廓的飞蛾

虚构一些问题

弥留

黄昏像是乌鸦的眼凝视这角落
生活，从四面涌向我
不坦然成熟但责任推拉我
那张沉郁的脸神似我

地铁疾驰中的黑影如理想轮廓
生活，瓦解也重塑我
关于爱或道德且听旁人说
每盏红灯都闪烁

或许人是无法理解这世间更多
所以后怕困于深渊便隐忍不说
我没有不惑，只求在回望中结果
谁为我们生造矛盾这么多

或许人可侥幸自救但嘲讽为何
如此往复永远出走永无理想国
我没有不惑，只求能一步一看破
谁为我们虚设目的这么多

十万商圈铁幕拉下难得见星光
生活，从远方架空我
诗人睡着以后会做什么梦？
关于自由抑或是贫穷

或许人是无法理解这世间更多
所以后怕困于深渊便隐忍不说
我没有不惑，只求在回望中结果
谁为我们生造矛盾这么多

或许人可侥幸自救但嘲讽为何
如此往复永远出走永无理想国
我没有不惑，只求能一步一看破
谁为我们虚设目的这么多

秩序之间那道墙外另有片海吗？
生活，选择也忽略我

尚且没有一套信仰说服我
思考即是存在过
抱住便是真实的

麻雀都市

海报上弱智偶像
替换他需要六个月
我才刚来到这里
没人为我取个新名字

高楼正倒入黄昏
来一口资本提神吧
所有麻雀盘聚在胸口
它告诉我
你们生活是因果的
你们娱乐是难消化
你们争吵是戏剧的
你们相爱是力比多
更多欲望是学古人
说完它就飞走了

而我像失忆一样

爱人来谈一谈情
把明天谈得更具象
这是个成人寓言
没有玫瑰会砸向过去

高楼正倒入黄昏
来一口资本提神吧
所有麻雀盘聚在胸口
它告诉我
你们生活是因果的
你们娱乐是难消化
你们争吵是戏剧的
你们相爱是力比多
更多欲望是学古人
说完它就飞走了
而我像失忆一样

这个夜里

我爱的人，在这个夜里
写好了歌，她轻轻唱起
她的脸上，有月光流转，歌声忧郁

我爱的人，在这个夜里
忽然认真，将未来提及
夜风在吹，快抱我睡去

这个夜里，一些些甜蜜
也曾有迟疑，像找到意义
期待我们最终会活成彼此模样

这个夜里，一点点倦意
对于明天，我已经鼓起
要天长地久的勇气

我爱的人，在这个夜里
一眼望去，像几个世纪
习以为常，但又舍不得，不去珍惜

我爱的人，在这个夜里
当信任到，秘密被允许
若有天意，请抱我睡去

这个夜里，一些些甜蜜
也曾有迟疑，像找到意义
就像我们最终会活成彼此模样

这个夜里，一点点倦意
对于明天我已经鼓起
要天长地久的勇气

余生的第一天

又是这样新的一天
草木在等它的三月
日光在等它的阴影
记忆在等它的一碗热汤

又是这样旧的一天
玫瑰在等它的谎言
诗歌在等它的眼睛
矛盾在等它最先一口的欲望

又是这样新的一天
网络在等它的观点
无知在等它的暴力
中年在等他新长的胡茬

又是这样旧的一天
城市在等它的冬天
爱人在等她的遇见
时代在等它最无新意的幻灭

今日提早计划
例如弹会琴
一是完成工作
二是都归零
三是预约晚上的餐厅
四要相信一切意义不必说明
五是陪伴亲人
六是看电影
七想买本新书
然后静一静
你说这世界沉重，误解不停
我说正好相反，只是言语太轻盈

面对

你在难过什么呢
为昨天发生的事
去责备自己的不成熟
可是人会成长啊
所以庆幸时间吧
人生不就是这样
抱一抱，也还好
宁愿一切都很好
这不是你自己的问题
人总归要好好去生活
走一步，下一步
每个人都曾孤独
你用心来看看这世界
没有选择会是唯一的路

你在抱怨什么呢
为明天到来的事
说人生像是没有意义
可是还有爱人呐
所以珍惜遗憾吧
去学会承担自己
抱一抱，也还好
相信一切都很好
这不是你自己的问题
人总归要好好去生活
抱一抱，不要哭
尽管我也曾虚无
你用心来看看这世界
没有选择会是唯一的路

你在期待什么呢
为不会发生的事
像一个碌碌无为的人
所以打起精神吧
该去面对人生呐
这一刻我陪着你

三旬

梦乡

你望，黄昏有灯，晚风有骨
玫瑰已有薄雾
风声可有出处
如是，枕边幽谷，眼底有湖
良辰好景有无
爱人可别安抚

你听，昨夜的琴弦在唱
且让倦客入梦乡
梦乡，哪一方歌谣轻扬
星辰披覆小风浪
多久不见弯月亮
好梦悄然随小船摇入窗
白晃晃

如是，眉间有雨，秘密有树
童年光景有无
时光可别贪图
梦醒，怎去寻味梦中趣处
半生已觉恍惚
百年可有醒悟

你听，昨夜的琴弦在唱
且让倦客入梦乡
梦乡，哪一方歌谣轻扬
星辰披覆小风浪
多久不见弯月亮
好梦悄然随小船摇入窗
白晃晃

这个与直觉相冲突的时代

他们老了
不会再向世界提问
所以娱乐，顺便欲望
永远忙碌，直到变成不再赞美星空的人
他们孤独且生动乏味
和我一样
不有趣吗
断章取义啦
人手一出哲理
贩卖每种丧气
不该警惕吗
可以出声吧
这个与直觉相冲突的时代很可疑
我与你在这春天里
这个特立独行的世界

为何出奇地规矩

他们是谁
是精神上困于虚无
肉体仍然不舍欢愉
的那个你
不有趣吗
断章取义啦
人手一出哲理
贩卖每种丧气
不该警惕吗
可以出声吧
这个与直觉相冲突的时代很可疑
我与你在这春天里
这个特立独行的世界
为何出奇地规矩

严肃不必
麻木适宜
幽默如何
可以锋利
往理想去

自我缺席
偶像是多余

不有趣吗
不该警惕吗
可以出声吧
这个与直觉相冲突的时代
他们老了
不会再向世界提问

这不是理想的歌

南去的雁啊，披覆着黄昏
它已经飞了太远
它何时疲惫，它何时返乡
没有人来告诉我

当我再踏上那北归的列车
面对远去的青春的城
总有什么在我不经意中
已经随着时间改变了吧

再见到儿时最好的玩伴
已有张父辈的脸
在他世界里他为何沉默
没有人要听他说

当我再踏上那北归的列车
面对挥别的梦的故事
总有什么在我不经意中
已经随着时间改变了吧

当我再握住妈妈的手
当我听懂爸爸说
在我经历很多事以后
当我猛然一回首

当我再踏上那北归的列车
面对离散的陌生人群
总有什么在我不经意中
已经随着时间改变了吧

南去的雁啊，披覆着黄昏
它已经飞了太远
它何时疲惫，它何时返乡
没有人来告诉我

歌的故事

要分享的歌已播完，是时候切歌了
感谢心事有人替我认真说
敬那些不得不面对的人生啊
敬那些仍在歌唱自己的人
很后来我才想明白
生活它的多样
被打动的那某一刻
也许只属于我
你也有过这样一首歌吧
像秘密循环着
像陪伴不消说

这是我艰难时最触动我的一首歌
那段日子是它撑着我度过
你听完只是笑着说还算不错

我也笑应该沉默时忘了沉默

很后来我才想明白

生活它的多样

有共鸣的那某一刻

也许只属于我

你也有过这样一首歌吧

像秘密循环着

像陪伴不消说

夏的短篇

下雨时的铁皮屋顶上
覆盖着一层香而软的黄昏
余下的百花酒
斟一杯给留宿的赶路人
这是个有希望的时节
来歌唱有收获的朋友
驶过了原野的旧皮卡
你听夜风与枝上鸟的对话
孤独的马达声
如寂静中的耳语最动听
这是个有希望的时节
来歌唱有收获的朋友
你看那些现实四处散落
你缺一些时间留给幻想

刺猬

幻灭声很清脆
昨夜十六岁
是少年没有来
才落这尘灰
什么人告诉我
成年无喜悲
我想这应该不对
像一只淌血的刺猬
来提醒我该知进退
生活病了但无药水
像一只孤独的刺猬
理解所有胜于误会
世间很美但你破碎

夜航线指向北

昨夜三十岁
是旧人没有来
才立新墓碑
什么人告诉我
从今无喜悲
我想这应该不对
像一只淌血的刺猬
来提醒我该知进退
生活病了但无药水
像一只孤独的刺猬
理解所有胜于误会
世间很美但你破碎

像一只淌血的刺猬
来提醒我该知进退
生活病了但无药水
像一只孤独的刺猬
理解所有胜于误会
世间很美但你破碎

短篇与玫瑰的八毫米

暖暖内含光

从葡萄园里漫步云中
在廊桥上又遗下了旧梦
这光与影潺动
当葛丽泰的吻没人懂
来看铁达尼沉入深蓝中
爱不隽永

一秒钟二十四格的迷宫
戏梦深处玫瑰红
有最时代的笑容
爱吧哎呀孤独好些种
蒙太奇般失控

只为破晓前诗与夜风
恋人们笑得甜甜入梦

就随破胶片旋转吟咏
就从眼神里开始搅动

爱是亲密无所依的短暂掏空
You must remember this
A kiss is still a kiss
A sigh is just a sigh

在西西里与少年重逢
难忘那幕情未了的惊悚
吹夜未眠的风
杜拉斯笔下雨雾弥蒙
五百个夏天欢喜又扑空
爱没初衷

一秒钟二十四格的迷宫
也曾蒙尘于隙缝
有桥段式的情浓
爱吧哎呀回忆一重重
蒙太奇般失控

只为破晓前诗与夜风

恋人们笑得甜甜入梦
就随破胶片旋转吟咏
就从眼神里开始搅动

就在亮灯处掌声雷动
就将小玩意藏进信封
爱是相伴种棵树的
无聊懵懂

怪谈

这有鬼怪，有鬼怪，小心乖乖
招魂失败，猫眼外，易装变态
这有鬼怪，有鬼怪，小心乖乖
电锯古宅，请婴孩，裂口讨债
这有鬼怪，有鬼怪，好奇有害
请收听午夜的电台
天井里红衣女死胎
浪漫把荒郊墓扒开
顶楼的弹珠声还在
吹灯点蜡烛玩纸牌
Stephen King会爬出来
灯泡忽闪
谁在墙壁里出不来
衣柜上血迹少一块
别意外

这有鬼怪，有鬼怪，小心乖乖
尸变之夜，别作怪，针孔快拍
这有鬼怪，有鬼怪，小心乖乖
红眼睁开，藏尸袋，后窗谁在
这有鬼怪，有鬼怪，好奇有害
请收听午夜的电台
念符咒乌鸦的告白
闪灵正倒悬在门外
电视机关上又打开
浴室里水滴数节拍
镜中的我表情古怪
灯泡忽闪
猫咪叫三声陌生人
妈妈在阁楼不下来
别意外

核：冬夜的第一支歌

嘿，悲泣的鹿
末日近了吗
我的爱人呢
看，白色的雾
隔离这废土
那儿有平静的湖
谁将唱起这夜第一支歌
一支悲歌
像一支情歌
谁将吻别这夜睡去的人
问新世界
我为何而来

我，一如死物
呜咽声何处

婴孩一声啼哭
看，历史往复
我们终沦为
无人问津的墓
谁将唱起这夜第一支歌
一支悲歌
像一支情歌
谁将吻别这夜睡去的人
问新世界
我为何而来

当大雪落进灵魂
像热浪溶解星尘
愿在这漫长冬夜
抱紧正颤栗的人
当文明走失进程
相爱不意味新生
忘却这漫长冬夜
曾与我对视的人

当季风吹散落尘
像子弹擦过永恒

告诫这漫长冬夜
被神遗弃的我们
当万物又过一轮
问天国是否冰冷
平息这漫长冬夜
死亡荡开的水纹

这夜最后的歌
要唱给最爱的人

鲸落

往来那船舶，经岛屿芬芳
将网里星辰逐一捕获
而我的魂魄已跟随潮落
就当四季跌入了漩涡

当恒星不再闪烁
就让风将海吹皱，滑向天国
让我迷恋这坠落
又带走什么，留下什么
生命如果它这样说

无声的宇宙
有鱼儿游过
那是孤独具象的轮廓

当珊瑚失去传说
就让风将海吹皱，滑向天国
让我迷恋这坠落
又带走什么，留下什么
生命如果是这样

我穿过洋流，像小时候
让我可以不寂寞
就失去下落，成为因果
月光的梦我再没做过

看海的人

我坐在九千个日落里
望向白鸟衔玫瑰飞去
幻想船笛是你在耳语
直到海平面月亮升起

你在海的深处像永恒
跟随命运来到这里
跌入苍老与美丽的梦
我一生的爱人

星辰在你发梢间轮转
潮汐在我皱纹里褪去
听说世人最善于忘记
让我将故事重新讲起

我坐在九千个日落里
望向白鸟衔玫瑰飞去
幻想海风是你在吟唱
直到海平面月亮升起

你在海的深处像永恒
跟随命运来到这里
跌入苍老与美丽的梦
我一生的爱人

彼岸的灵魂经已老去
那是一声漫长的叹息
交换孤独与童真的心
我错过的爱人

我飞到她的身边，我捧出给她的礼物，那是一小块凝固的时间，时间上有美丽的条纹，摸起来像浅海的泥一样柔软。（引自刘慈欣小说《三体Ⅲ·死神永生》，歌者的诗）

曲率飞行

“101，呼叫主机。”
舷窗外的星体
我于剧烈虚空里
那梦境正弯曲

穿过迷雾成为概率
仿佛听见了雨滴
我悬于诗句，弧光，昏迷
海平面这般无边际
我抚摸火焰，虫鸣，星尘
流动在众神的旋臂

“101，呼叫主机。”
矩阵已经开启
我的天国在这里

亿万年的死寂

穿过迷雾成为具体
无法探清那旋律
我悬于诗句，弧光，昏迷
海平面这般无边际
我抚摸火焰，虫鸣，星尘
流动在众神的旋臂

我陷于一片灵魂沼地
最深的密林最失语
我跃过时间，混沌，美丽
去有玫瑰的目的地

“101，呼叫主机。”
下一站
我是你

索拉里斯星

准备返航吧，朋友们
我从我的童年醒来
冻的云正燃烧
风吹过星环

准备返航吧，猎手们
故土之上有一支歌
那是我和爱人
尚未命名的未来

已在倒数计时中
星体浮游像蓝瞳孔
凝望着历代星空
像一场无法对话的梦

准备返航吧，哲人们
无论深海里有什么
像永夜有闪烁
文明的船只行过

已在倒数计时中
星体浮游像蓝瞳孔
凝望着历代星空
像一场无法对话的梦

舷窗外一片虚空
谁在此间掷下火种
最深处的玫瑰海
像一个孩童混沌的梦

准备返航吧，朋友们
神的意志并无目的
琴的弦一拨动
便有了存在

玫瑰往事

玫瑰啊，你从哪里来
我的真理用旧了
玫瑰啊，你往哪里去
我以哲学爱过你
玫瑰啊，我多想和你诉说
从前的故事啊

他们说一切并非真实
那时万物正交响
他们说一切并非虚无
那时机器爱黄昏

你用凝视回应我
回应我

他们说一切并非真实
那时星尘有诗歌
他们说一切并非虚无
那时灵魂是蓝色

你用凝视回应我
回应我

玫瑰啊，我的小船里
时间如雨水滑落
玫瑰啊，我寻过意义
生命归宿是河流
玫瑰啊，我多想和你诉说
从前的故事啊

单曲词作

度日

我曾小心翼翼避开一些
避开孤独恒星，偏轨的季节
避开羁旅夜车，沿隙光翻越
避开眼底枯木，在心中炸裂

我也小心翼翼得过一些
得过情人度日，留枕边补缺
得过杯酒妄语，切碎如佛偈
得过媚俗口腹，将世故咀嚼

偏爱饮醉一些
更爱觊觎一些
落拓一些
跌破一些

我曾小心翼翼爱上一些
爱上跳帧反复的默片情节
爱上一只栖在诗中的喜鹊
爱上弹唱不语也爱上拒绝

我也小心翼翼失去一些
失去乖张色彩，嬉笑没察觉
失去化蝶姿态，白日梦要戒
失去指尖鱼儿，它游离黑夜

偏爱荒唐一些
更爱新鲜一些
离散一些
抱紧一些

雾中风景

雾漫过那新桥
锈断了锁匙的扣长出蓝蓟草
暮色往岸头靠
船行中晚风不自扰
远街深处那民调，散乱的鼓点一敲
你说你感冒

星期二寄邮包
星期三手工店里细碎自己挑
明早有雨警告
喂饱了你送我的猫
排队咖啡馆说笑，拐过报摊是人潮
我想我还好

无解于忙而虚度的荒谬

枕边的诗意与渺小
而生活也不过如是
雾里浮沉荡失
世故般精致

祝你挨过患得患失
好景来去自知
遗憾而常识

而孤单就病倒
雾淹没小城中的匆匆与聒噪
每个人都在寻找
散漫地辗转和依靠
闲居在客乡一角，简餐困倦的清早
情欲来打搅

无解于忙而虚度的荒谬
枕边的诗意与渺小
而生活也不过如是
雾里浮沉荡失
世故般精致

祝你挨过患得患失
好景来去自知
遗憾而常识

最好的也不过如是
像时间的枯逝
以梦的姿势

祝你挨过患得患失
爱人吻过
一直庸近而诚实

船子

船随鱼群，向月影游去
经繁星热寂，滑过岛屿
网罟将在大醉后收起
有雾时桅杆，海鸟将息

不见海岸线，日出云上
浪湿鞋背，扬帆起航
打捞断章，风暴里吟唱
出走时青年，灯塔肿胀
归期九月，故土已老
琴枕断裂而汽笛清响

不远城邦，马驮谁家娘
斟煮好桑茶，樵舍弥香
舵手转北抛锚的艑郎

向神灵收割，换取食粮

不见海岸线，日出云上
浪湿鞋背，扬帆起航
打捞断章，风暴里吟唱
出走时青年，灯塔肿胀
归期九月，故土已老
琴枕断裂而汽笛清响

北有极光，南是异乡
灯火摇晃，迟返渔港
夜色清旷
甲板上星微亮

眠去

月牙弯弯，窗叶未关
雀鸟微光扑闪
童梦小船，摇过青岸
栖泊处起烟岚

秋虫吟吟，远山且行
霜林夜风溪清
浪游世情，荡开池镜
水色梦蝶虚静

花叶下蛙声惊浅梦
庭院香溢气染被绒
落拓长信中你是无所依
如我六岁般眠去

云汉间桂树绿披银
蒲扇里筑仙寝
小鹿衔梅枝过幔亭
探我幼年时病

雾轻漫乡晨十月雨
诗床畔书枕琴
故纸上风尘落荼锦
海棠花便凋零

雁南捎星，竹褛沾青
荒酒枯灯好景
痴缠轻轻，云谷月影
情人儿梦呓你听

恋恋

穿过神隐小店昏沉的夜色
我将寻到爱情默契的走神
你的秘密一开口就不动人
猜一猜，让深渊更深

感谢白日梦的一吻
遇见陌生人
让我是我
恋恋说余生

乘上浪荡夜车迷离的摇晃
我将寻到童年抚过的皱纹
从睡房流亡到下一站街灯
等一等，让冷汗更冷

感谢老情歌的诚恳
后来不当真
让你是你
惶惶不安分

这一场甜蜜短而真，没所谓灵魂
失望什么就余出一份
多好痛又痒的疤痕，一揭又一寸
让我们不止是我们

小娃

雀鸟声声，外婆唤娃归家
将淌过泥巴那件儿脏衣服换下
汗流涔涔，花雨漫桥头又一个夏

掉啦大牙，蹲看蚂蚁咬架
弹弓枪打破的是邻屋谁家
小娃只盼放学赶得及动画

说不像话，就不像话
爬上半截树丫，而日头落下
娃就长大，娃也快长大
要准备离家，日历挂上又摘下

课本叠成几份文夹，有些规划
不再好奇却依然冒失，算成长吗

沙堆垒出拆建的商厦
弹珠弹入哪片碎瓦
树下蝉响在机械的轰鸣声中
我听不见它

小院变小，而大城市真的很大
折旧一口乡音换几门外语，再学咿呀
时光涂鸦成潦草的画
大的梦做做也就罢
历经生活那琐碎变化
才惊觉不再是小娃

外婆盼呐，也该早日成家
年前搬到城区的邻屋谁呀
二十七八，偶见他家小娃
刚掉啦大牙

重逢

多年后我又回来这里
短檠灯，绿窗的雾，长梯
风雪门外人耳语相依
像极那时的我和你

“爱人呐！”——这样呼唤你
轻轻地不再多言一语
如长夜梦回的歌曲
要分离，就这样分离

多年后我又回来这里
久归的客，某种默契
心疾未愈，何故探往昔
像极后来的我和你

“爱人呐！”——这样呼唤你
轻轻地不再多言一语
愿所有黄昏都如期
要分离，就这样分离

“爱人呐！”——这样呼唤你
请将眉眼间忧郁藏起
当彼此的星辰淡去
要分离，就这样分离

多年后又回来这里
旧藤椅，雨，短诗的序
终有个人带着涟漪
很像你，我知不是你

你说

白灯下银杏落叶
耳语中飞走蝴蝶
失真的路客往来
没有情节

红色的秋雨时节
被入时的梦戏谑
我想我没成熟到
能理解离别

孤单时你说
我们曾经来过
嬉笑善感而沉默

你还在寻找什么

是否已丢失太多
这里每一种答案
都不适于你和我

你还在寻找什么
是否被天真略过
这里每一次成长
痛而决绝但我还是我

你说
又响起这首音乐
像温火里的诗写
站台前困倦堆叠

理想的夜
与湿泞青春道别
总要怀念再拒绝
总该要学着承认
某些题无解

孤单时你说
我们曾经来过

为不止一种生活

你说
从前你的模样是我

离散的鸟

离散的鸟
夕沉时会再度归来
送别的歌
回首无言泪淌满怀
那时年少
我执着也孤独也温暖的亲爱
说声珍重你该明白

已经走远了吧我的朋友
你听有灯的夜里清冷的歌声
原来还有个人需要被抱紧
那时我爱的人多好也爱着我

已经走累了吧我的朋友
你去看看世界回来讲讲好吗

原来还有个人需要被理解
那时我的亲人他们渐行渐远

离散的鸟
夕沉时会再度归来
送别的歌
回首无言泪淌满怀
那时年少
我彷徨也憧憬也热烈的亲爱
说声珍重你该明白

已经走远了吧我的朋友
你理解了思念也该试着体谅
原来曾有个人需要被抱紧
那是我爱的人如今她在何方

已经走累了吧我的朋友
你听春天的雪与日落的电台
原来曾有个人需要被理解
那是我的亲人如今我的归处

离散的鸟

夕沉时会再度归来
送别的歌
再唱多了笑与感怀
那时年少
我启程挥别他日重逢的亲爱
说声珍重你该明白

昨日的你

你已不是昨日浪迹那个你
我在伶仃路上纷纷攘攘去
冬雪将过往掩于春色里
所谓恒久的自有交替

夜色把星辰交付出去
没忘留盏灯给你
日暮把年月衬得孤立
背影终将淡下去

这是无常的意义
短促的离散往复
释然里
久未平息的一如涟漪

夜色把星辰交付出去
没忘留盏灯给你
日暮把年月衬得孤立
背影终将淡下去

这是无常的
当这世间如谜
歌声回答你
原来无谓深意
只动听而已

归还

把星夜
归还给寒夜的魂
草叶与车
归还给秋去时庄稼遍野
将这片二月人间
归还给瘦弱乡径
与那时亲人

把诗页
归还给漂泊的路
灯与河川
归还给那洞悉孤往的眼
将这片二月人间
归还给雨雾牧歌
与小城四季

我将安于年岁里
愿晚风起时
小屋仍是那间满月的
妈妈的屋

把野花
归还给钢铁大地
酒与脊背
归还给那风尘里来的客
将这片二月人间
归还给海浪衣衫
与黄昏恋人

我将安于年岁里
愿晚风起时
小屋仍是那间满月的
妈妈的屋

梧桐

是我，见信一页
是你？我梦中的人
梧桐闻声枯落，在每个夜里

听说，临近大雪
好吗？我想念的人
梧桐覆住薄雾，在每个清晨

风轻轻，凝望也轻轻
胶片灯影，琴弦酒瓶，波心
不言一句对你，怕言过清醒
怕言不及我心

而来日，这世间仍动荡
我与你，可还要走下去

将梧桐寄往，你来时的夏
经半生，再寄返我的秋

风轻轻，凝望也轻轻
如是命定，如果你信，且信
不言一句对你，怕言过清醒
怕言不及我心

而来日，这世间仍动荡
我与你，可还要走下去
将梧桐寄往，你来时的夏
经半生，再寄返我的秋

是我，见信一页
是你？我梦中的人
梧桐闻声枯落，在每个夜里

听说，临近大雪
好吗？我想念的人
梧桐覆住薄雾，在每个清晨

立夏居

在五月一个干燥的清晨不见什么人
空寂的睡房积郁十六层似有水滴声
客厅白灯
浴室裂纹
掉落茶几上的是立夏以来第一只蚊

多好不用早班不爱别人不必讲见闻
钥匙卡在床缝间十点整冷饮快回温
发呆燥热时针
流汗赤裸秒针
滴答滴答滴走神
不期待谁来敲门打搅一声无故自困

I love him so much but I am afraid
原谅我爱我是一个人

孤单没责任

I love him so much but I am afraid

原来生活就这么发生

打一个盹

在五月一个迷梦的清晨我是什么人

甜腻的空虚下潜十六层似有阴谋论

相机快门

书桌留痕

摄入胶卷里的是窗帘间隙光的一寸

多好不用早班不爱别人不必讲见闻

为何音响轰隆隆哈欠声言情也失真

发呆燥热时针

流汗赤裸秒针

滴答滴答滴走神

不期待谁来敲门打搅一声无故自困

I love him so much but I am afraid

原谅我爱我是一个人

孤单没责任

I love him so much but I am afraid

原来生活就这么发生
借个灵魂

老屋

熟悉的歌，好旧的那台广播
外面世界，曾听远归的人说
泥墙河坝，与玩伴整日围坐
暑假一过，门前老树抽了新芽

直到这时我才发觉人慢慢会长大
有一个想离开的家
也许这时不会想起她
守在老屋的妈妈
青春相册蒙尘惹了白发
有唠叨不完的话
浅浅身影衬着晚霞
但岁月往往只会前行不会停下

几栋高楼，没能让视野开阔

童年的灯，避开最清冷角落
六点一刻，你还有什么工作
想起过去，赶完作业就等动画

直到这时我才发觉人真的会长大
有一个回不去的家
每当这时我会想起她
远方老屋的妈妈
青春相册蒙尘惹了白发
话到嘴边又咽下
浅浅身影衬着晚霞
但岁月往往只会前行不会停下

从没停下
回忆深深像句谎话
走了很远才明白
最远的地方是家

离家最近的路

愿经历过无助的人
此刻正经历温暖
体会过最无奈
所以珍惜

愿经历过离别的人
此刻正经历重逢
你知道不远处
有一扇门

不要害怕自己
长成生活的模样
孩子眼睛的方向
是离家最近的路

只愿温柔的风
永远吹向春天
而你已经在路上

只愿世间的灯
照亮童年的雪
而你时刻都入梦

愿经历过不易的人
此刻正经历收获
明白过最坚强
所以体谅

愿经历过孤独的人
此刻正经历承诺
能改变的不多
但要去做

不要害怕自己
长成生活的模样
孩子眼睛的方向
是离家最近的路

只愿温柔的风
永远吹向春天
而你已经在路上

只愿世间的灯
照亮童年的雪
而你时刻都入梦

所以少年人

想要问问你
人生可如意
四季往复去
得失一念里

想要问问你
寄梦在哪里
昨日憾事多
多不过欢喜

岁月赠别离
可知其深意
戚戚回望时
漫漫路重聚

多美年少时
有痴愚些许
每当琴声落
每当歌声起

想要问问你
爱人可相遇
年少轻浮语
走过黄昏句

想要问问你
亲人可相依
晚风习习吹
不理白发人

岁月赠别离
可知其深意
戚戚回望时
漫漫路重聚

多美年少时
有痴愚些许

每当琴声落
每当歌声起

每当琴声落
有幸歌声起

童梦月光谣

月光光
像书里那样照落地堂
虫吵嚷
不听话的小娃该上床

广播里播的是
黑猫探案，仙人渡江
花被单半掩着
我的百宝箱

一条鱼儿游荡在窗前
蚊帐里幻梦正上演
英雄故事一篇篇
还剩作业一点点

星连灯泡扑闪像眨眼
想彩云上仙宫天外天
妈妈的话一万遍
带入梦的是哈欠

月光光
歌谣里唱的是月光光
虫吵嚷
像有个秘密要对我讲

广播里播的是
小鹿寻亲，神兵天降
把心爱的奇幻卡片
枕边藏

一条鱼儿游荡在窗前
蚊帐里幻梦正上演
英雄故事一篇篇
还剩作业一点点

星连灯泡扑闪像眨眼
想彩云上仙宫天外天

妈妈的话一万遍
带入梦的是哈欠

在这覆盖了命运的夜里

大雪落满松枝的窗
回信的人寄走了冬夜
我遇见你
一如火焰燃尽的谜底

我已望断来时的路
你也不提玫瑰有星辰
正如发梢
月光的蓝只吻这片刻

你相信吗
在这覆盖了命运的夜里
我走向你
你知道吗
微光中寂寞的人

在这误解了亲密的夜里
你若问爱是什么
我将回答说是目光是风
万物诗篇的幻觉如你

大雪落满松枝的窗
回信的人寄走了冬夜
我遇见你
一如火焰燃尽的谜底

秋日心上人

心上人
这样唤你
以我之姓
以你的名
有一个誓言虽轻
离命运却那样近

你说有一间房
正对着好风光
我说啊
秋天该要回到我们的家
那里有
一个愿望
要与你来分享
野花花

两个娃娃
热汤小酒的梦

你说有一间房
正对着好风光
我说啊
秋天该要回到我们的家
且唱起
这支恋歌
路遥细雨斜阳
匆匆忙
来人间一趟
可有幸窥见久长

心上人
这样与你
风尘同行
百年之名
有一首岁月的诗
想慢慢读给你听
想慢慢读给你听

二

没品集

迷信之一

走兽拟建主义
离地十余丈的筑巢
空成母权的遗址
而众神痈醉于
关于方向感的构陷中

迷信之二

愚人破茧
为四季镶金

血脉

我一手接过夜雨
漏接汗星
月牙就从谷地里升起
幻生枪刺

你问苟欲何从
我摆手不知
我们都是股沟间
顺道去朝圣的耕农

香客

这早雾稠
院外山雀啁啾，木鱼作响
垫椅上半碟兑水烂糠
求如是功德

青灯燃
僧语呢喃，蘼芜细碎
唾沫点在漂洗的袈裟上
粉绿带黄

我不是恶
我作揖叩首
你以为善
你虔诚且硬

冬至

松醪酒正甘
你以风雪弃我
离时决绝
盆景般的伫姿
站台十里
街外也是人

天真冷
就掌心热气氤氲
我又忆起你
捻灯时的好看

也是那天
冬至
你蹲坐炉旁

嬉猫时
毛茸茸的笑
诚挚可信

我煲好热汤
你摆盘落座
且以为
余生也这样

而今夏

说雨
顺檐而逝
你知道
就是那种满怀恶意的离开

我瘫倒在衾褥里
床边是穹壑
而书和吉他
则困乏在更远的地方

早就不做那个痛饮山泉的人了
伎俩拙劣
手生累茧也好
带着磨不透的耻感

一如墙脚坑洼处的光斑
不晓得何时才能挪上松窗
一如生活不粗粝的部分
被人提醒的常识

天空阴云有股挥之不去的大麻味儿
恰逢夜来得早
我也是恨不过嘛
才爱来试试

葡萄架

葡萄架坏了
藤上有虫
道上同行十来苦鬼
佯装修补人

夜九时
月隐
一齐举刀斩下篱笆桩
葡萄落地
猪拱，鸡鸣
家犬等信

一时间
都被恐惧抽去了骨
瘫软遍地

血泊里无人布道因果

死的都是异乡客
没死的也是

毛毛

每周三晚
我都把毛毛从笼中放出
一手举着手电
一手驱赶蚊蝇
九月是铺垫生息的月份

毛毛疾走
或跃动在水泥墙角下
四野蟋蟀隐匿于碎瓦砾，土丘
或卷曲的枯叶中
刺耳的恸哭声阵阵
我以为是鸣唱

毛毛吞咽迅猛
少有逃逸趣味

美味也抽搐地死
活计嘛
杀戮可不是时候
再晚个秋雨
小城就喂不饱我们了

鱼降头

鱼是自然
被捕捞的一刻
上帝也一同被捞起

而观赏鱼进鱼缸
海鲜上餐桌
这更像是科学家的事

意识

说说看
这片沙堆
是在
风把第几颗沙砾吹来时
形成的

失明

我从冰上的湖面采集到光
它并未投向蓝色穹顶下
时空的静脉

它只构成梦境
不构成存在
黑暗是闪烁的条状物

鲸

汽笛声驱赶飞蝇脸上的笑
猎手不回来了
猎物的尸骸弥香四溢

无题

我们杜撰了无数个黄昏
逃避在庸碌的一生中
不可理喻的谎言里
时刻都有可能会遇见另一个灵魂

瞧那些毫无生气地倒向春天的酒瓶
瓶中半升是秘密
我们一起探讨某些事物的成因
靠一个吻
缝补时间必经的河谷
动气时用耳语争执

盲目的爱情随手可摘
廉价的星夜一流动
你说

越冰冷的句子
越轻易叫人热泪

光

虫子知道
阳光这玩意
要极心细地捧或扶
才不至弄碎

人不一样
满足于贫瘠
浪漫而困乏的吻
只顾趔趔趄趄地往夜里赶

光不过是墙上
阴影深浅
希望亦如是
青年人
嗤之以鼻的憧憬

走亡

当理想流入逼仄的母体
只有羞耻感才得以助我苟存
烟将尽
胴体以荒废救我

拔掉尿管里的温度计
病人惜病
不该静候屠宰

时代是愤怒的
加缪蹙眉
尼采走亡

孤独修辞其不欲的脸
而我，要轻浮
肆意地损毁、抵挡和亵渎这不欲

一次酒局

一群落魄的中年跛子
歪七扭八地坐在火锅店门前
捋起额前油腻腻的脏辫儿
无伤大雅地涮着鹅肠扯犊子
情到深处就操弄起吉他
弹唱弱智般的诗意
和痘印未消的远方
他们搂的姑娘大都来自南方
生于某个胎位不正的语境边城
出生后又被时代补刀

九十年代至今
我们在莺莺燕燕的消遣里匍匐打滚
“愤怒”是不愁渠道的
至于“批判”的深度

就看转笔杆子的家伙们怎么吐骨头了

当然，我这么说
也是出于后辈的讨好
以示客观
有取宠之嫌
他们听罢哈哈笑倒在白嫩的乳沟间

估价之一

在二进制的树洞里
各摘各的玫瑰

估价之二

一颗流星坠入鱼缸
金色的尾迹浮上水面

估价之三

液晶屏前失真的伟大
梵高们
究竟被什么人记住了

估价之四

妄执一端
兽性的嫁接
惜命
不如恋物

碗

事实就搁在那儿
配料齐全
你一举杯
我就吆喝

打个漂亮的嗝
说笑中挥散血腥味
待酒足饭饱
你带着民意下桌，我备上稿

碗永远是空的

想起来

人生只能如此
理想不过温火熬烂的羹
多一些苦难
就多一些调剂
死亡通常只是意外

一想到这
我就备感挫折

他们从未说过你和我一样

我的骨头埋在黑夜里
脑子受不了日光的毒
振作总是后半夜
喜欢憋尿

抽五块钱的烟
上八十块的床
完事后扒开枕边的蔷薇丛
借着偷情人的窗户
抿一牙月黄

我写自己的歌
为了出名
任由别人哼哼唧乱唱
也想过写诗

喝六块五的啤酒
兑三毛钱的砒霜

学诗人往海里吐痰
可后来发觉
喜欢诗人的姑娘
都不怎么漂亮
我想这秘密
该是我对自己从不撒谎有关
她们确确实
真都不怎么漂亮

常情之一

昨日热衷
以狂热之徒的失语
换取两分钟
集权的玩具

常情之二

当众人托举起偶像
香槟便倒灌入枪膛
而新月
无力拆解掉极夜的盲

常情之三

处女割腕时
蚊蝇欢舞
白马最痛

常情之四

在习得以物换物前
古人忘了说
救世主的妈妈
你有一个被诅咒的孩子

说理想

大概是个秋夜
我与她并肩坐在墙垣边的枣树下
听着《雨吁》的磁带
月光伴着旧黑条的“嗞嗞”声
淌入她半开的棉衫间
她忽然问我：“你以后想做什么？”

我把目光从她的胸脯上挪开
看见她的笑靥深得像口井
先是一愣
想了想答道：“在岷江桥边开个饭馆儿吧。”

“就这？”
“唔，就这。”

招几个跑堂和墩子
娶个专科女人做老婆
日子平淡
起码
他们既不写诗也不批判
关于真实
他们只说脏话
至于道德感
他们说完还笑

春色

同样是丢失，胶片探下捡起的
是半个天国的酒瓶
和一群人，欲望的姿势

它们紧挨着孤独
像世间疾苦，又不掩春色

夜一半

时间之外的电流声
将感知存于镜面
让我得以触碰时间
并构起色彩的虚妄

文字与音符表述不清的
我只好对焦去想
与每个床头伫立的野鬼交谈
与四季的鲜花对决

布光之一

尸骨铲薄荷
深林吃白蚁
老妪助哭
将幼童下葬
樱桃没有血液

布光之二

一百只鲸落
抵住火山口
生锈的知更鸟
斥农夫贪早

布光之三

一车饿死鬼卖四钱，我从广东拉往河北
经盆地时，贫民开始吃地主
分食了大头兵，再分衙役和县令
有时官也吃民，而烈士最管饱
妇女吃野草，伟人吃万岁
工人吃民主，商户吃商户
吃到最末，剩一车野史，折价也无人收

一种假设

冬日的肥胖可以迎春
秘密的情人可以原罪
杀生可以布道
侥幸可以功德

从地心把一口岩浆放冷
像放冷某段历史一般，不存苟且
由此
秩序的证悟可以下餐
自洽的游戏可以因果

恶口

所幸人因常识而知耻
我潦草的字里行间
标注满野生的博爱
下作的部分因不可说
而催生幽默

死刑之一

我把颈脖送出
以命抵命，有时也抵点别的什么
罪行事小，替人间泄愤
人群里恨我的少有
他们不过指指点点
半遮孩童的眼，说妇道人家见不得
诸如此类
但闻亲友啼哭，总是悔不该当初的
悔点什么好呢
我出生时就认过罪，没人相信
头颅落地的一刻就当是悔过了

死刑之二

走进丛林的人
在辟出一条道路前
部分选择自搭篝火
开始营生
他们造过无数神
甚至造过造物主
当丛林与丛林相遇
造物主便替各方走火
一时间死亡高举
主义齐飞

死刑之三

以经验量度，命定四季
以山河营生，宇宙为诗
我的欲望之虚，罪行之盛
死不够，但唯有死

天赋

你替人斟酒
替人过前半生
替人把失控的情欲摆回轨道
夸你一句：是我所爱之人的影子
再一句
便成了贤者的树洞

实在是罪过
背叛的队列中我躲在先哲身旁
一千次的赠予之后
不知该赎回什么
怨彼此挑头吻薄情?
吻罢，也只是说说而已

三

故二月冬去

马戏

时间的小丑，红鼻子的歹徒。
以跌倒做武器的人——
冷漠很厚，笑声更厚过冷漠。

他们的掌声稀拉如飞星坠湖般，灭绝的奇观——幽默进化成狗。

客

我以这个时代特有的姿势写信给你，而你收集了一屋子的雪，不愿分享给世人。

你说你等了数载，如今只少等一天。

爱人已在昨夜被星辰借走，连同灯也借去。

我喟叹，关于近况，潦草自有潦草的归处，不必回了。

迎春

我想同一棵树交换思想，交换它身上所有的皱纹。

我唯恐来年的春天，我自己已经没有新叶了。

一个谎

你提前把彼岸架好，摆出疾苦的蔬果。

我会涉险去拉崖边的一张弓，做到一半的英雄事迹。

没有人告诉你半途而废的好处，九个太阳驱逐冰雪。

他们不善良。

谬误

诗人是诗在人间的载体，黄昏痛恨书写黄昏的人，星空是如此地经不起仰望，以至于语言从降生那刻起就迷失在了词汇里。

上帝创造了文明，人类却拼命修辞。

原罪如新，高塔从此再也不会被筑起。

钢索之间

时间是虚空中可扶住的实体。

我双手拨动云雾维持住前行的平衡，或者我又从未前行。

四方只有风是真实的。

而它要你跌落，也是真实的。

灯谜

世上愚者的语言，充满了不自知的陷阱。

他们在自己的陷阱里完成了逻辑的自洽。

十二月

冬夜的冰湖上落满了情人的石子。
你踩过枯草，想知道冰层的厚度。
路灯修补了微光的月牙。
我小心翼翼地将你扶住。
你说你喜欢黑色，屏息便是黑色。
眼睛在不远处的旅店门口起着雾。

昨天

我看他们各自许诺，各自出走，言而无信的滑头，坏事的主人。我不清楚他们的言外之意，不清楚那些陌生人之间的默契他们是如何习得，就像讲了一个周遭人必须露齿的笑话。关于昨夜的骗局，对一面之词的轻信，讨价还价是难了点。

我试过把注意力放在日落时树干移动的光影上，我试过。偏偏恶意满盈，光影又把我推了回来。我好奇世间细小的规律，猜想这一切所附带的矛盾，好奇他们经不住深究的争执。

我甚至企图参与一次侥幸的愤怒。据理力争时，又想到，如此简单的道理，恐怕他们只是装糊涂罢。

我是愚笨的，来到这世上二十六年——吃穿选择吃穿，阴影覆盖阴影，沉默总在第二个哈欠到来前，填满我未完成的日子。

你看，焦虑在一旁静观，我有药水，屠刀举起就从未放下。成年之后，我没能忘却它的威胁，关于明天的不可知，疑惑正咀嚼着它下流的锋芒。

自缢

我把头发搓成一条能承受自己体重的粗绳。

顺着颤巍巍的黑夜和两沓废纸踩上去。

星斗之高，分神容易。

写了这么久的死亡，总算是能够着些许了。

红移

这一寸来自远古的光，带着宇宙初始的混沌终于穿过浩瀚走到这。

它知无不言的秘密，我们一句都未曾明白。

今日气温二十六度，为此，我们不必赴死。

就随它混沌去吧。

卫星频道

回想我这一生中做过最成熟的一个决定是在八岁那年，父母离异，问我跟谁，我说妈妈吧。那是一个本能的决定，报复了我犹豫的童年——爸爸家的电视搜不到我爱看的动画。

失眠事宜

开灯起夜，收拾茶几昨天残羹，柜上一壶放冷的茶水，半包烟。

看罢网民争执，翻读闲书。楼下犬吠月正明，我想关灯坐一坐。

致C

昨夜你误读了星河与胴体，它在今早，变成了眉宇间的一寸光。

就像十六岁的少女那样不知分寸地误读；覆盖住清晓的短诗，也对一块弯曲的冰晶，困于时间中的所爱，误读。

你知道吧……人们总是轻易便对流动的事物产生情愫。今年的雪，一如走失的信件来得晚了些。

我向梦境借来安宁，一场与童年的谈话，但幻灭总是比呼吸更为主动；那些你不相信的部分，我也不信。矛盾是来自人间的天赋。

请原谅昨日的信物已无法赠予，亲密于我——是大地黄昏时的琴弦、止于抒情的断章、击穿风暴的闪电以及所有空白的纸页。

那些本该算不上失去的正在失去，而这已是我来时至多的背负了。

河神

需要对质的河川很多，这里的鱼很少。

听靠岸的船一句——“另谋生路去吧。”

风惊起芦苇丛中的鸟，河神抚平涟漪，说道，今年的夏日没有庆典了。

余额

外套脏了。
有谁能在纷乱的利益纠葛中帮我找找我的袜子吗？

台上的灯光又亮起来。
我朝黑色幕布外探去。
心里算计着一年的讨巧抵去一年的吃穿用度。
也够持平一年的喜恶了。

这是商品们互相消遣的一天。
令人流泪的事随时都在发生。
我并不知道他们在热闹些什么。
我们很快是要被淘汰的。

集体创作

一支老牌的摇滚乐队解散了。
乐手们撤下旗帜，主唱首先声明。

合同应该签明白的。
比如动人的比例，灵感的分工。
比如后期分成时，副歌拿大头。

进进出出的时代，令人遗憾的脏乱后台。
你听那个忽然而至的第四小节的切分音。

乐迷不知道这些，真是遗憾。

娱乐头条

他似乎是预感到了什么。
他从二十六楼跳了下来。

难以想象一个厌恶自己的家伙。
居然得靠被人喜欢来维持生计。

如今，他变成了一枝花。
倒插在冰冷的水泥路上。

对视的红

这夜，我们在一间老酒馆的二楼上并排坐着。
玩没有惩罚的积木游戏，聊河流与情人的事。
这里的酒客之少，只见大大的欲望滚下楼梯。
在话题折皱的间隙，走神总是来得恰逢其时。

酒没了添酒，克制也好。
今年的雪恐怕是来不及了。
你说你记得那只飞走的乌鸦，胶片没有将其留下。
我说那是我无数个前半生里，始终未曾遇过的人。

酒馆打烊了，你侧过半面身子，我们对视着不说话。
酒杯中，一块事不关己的冰早化在了玫瑰的阴影里。
我望着你眼睛里藏起的关于星火的灯，不知你在望向什么。
那是一刹那的秘密，但又似乎不止一刹那。

老玫瑰

两束玫瑰里，我是稍年长的那一枝。
色泽像久病的日落，刺已经很软很软了。

我的一生中——曾听过无数情人间告白的话语。
听见过春天裂开的冰面，也听过酒瓶急促的呼吸。

我承担着欲望的角色，抒情的道具。
但这并不影响我曾与一双孤独的眼睛对话。
并记下了它郁郁难言的诗行。

我在瓶中，在被雨水淋湿的角落；
我在昨日，在犹豫不决中被弃置。
我没有爱人，世上的爱情决定了我的归处。

腊月之前

The Cranberries的主唱Dolores O'Riordan去世了。

空白

雷鸣之后，闪电之前；
夏日骤停的雨，登枝不动的鸟；
石子入湖的余波；
第二乐章的间隙；
我涂改过多遍的句子。
来自你患得患失的梦。

并不精致

青年发现，在古往今来已知的所有主义里，人们只描述他，形容他，却从不赞美。利己者可以通透，他拎出佛祖如此标榜自己。但在旁人看来，他只是偷懒和软弱罢了。

狂人

他领养了自己的妻子，并在生前刻好了自己的墓碑。他在咳嗽中几欲烧毁自己半生的创作，弟子闻讯赶来劝阻。他说，这个时代糟透了，历史地位易得，不愿与先人齐名。

哭戏

六分钟的长镜头里，只有一簇火苗扭动和一只苍蝇盘旋，男孩抑郁掩面，一动不动。

投资方看了样片，说这样不行，镜头太长了。得让火苗出轨，苍蝇自缢。男孩失去了爱人，就让他唱首歌吧。

预设

白天，他们工作，无精打采地进食，出门找寻一些死亡的深意领回居所。夜里，他们窃走沉思的河流，使人间再无可窃之物。他们交换一些问题的答案，以爱人的皱痕标记出余下的真实。在失去脚步声的日子里，夜行者的秘密总是轻盈。噩梦使人相信，黑暗是可以被虚度的。

乳名

“对不起，我不知道真实为何，我只觉得世间虚妄。”青年如是喟叹。

书架上的一排旧书没有作声，只见虚妄从纸页中探出头来，歉笑道：“真实……啊？令人怀念的真实。这个乳名自我长大后就再没被人叫起过了。”

二月

在骨头堆起的玫瑰山间架上炮火，以同一朝向的口舌作引信。这里虫鸣声之多，没有真相可以幸免，受害者诽谤着受害者。过去，我们贪慕虚荣，是各自的不幸。而今，夜奔的只有折翅的野鹤一只。

冰

我向深渊寻求真实，高地已被半盲的判官占领，仍有两名风波的幸存者站立在冰块之上，脚冻得生疼而不作声。判书已下，不好辩解什么，现在我要是一开口，冰块就塌了。

你来之前

你来之前，我还是一个人，爱情时有发生，就像一个人的样子。现在，它成了我们关于实验戏剧的打趣讨论，温室里碰杯的眼神；成了床头的一叠厚衣服，浪花没有抚平的床尾；成了冬日阴影下的135胶片，废土中默契的对焦；也是客厅里隔夜的残羹，两只没洗的脏杯子。

我试图修正自己过往对于爱情的偏见与刻薄。我开始恍悟，原来幻光人间诉诸真实，唯有内心体验才是真实。你取走了我这些秘密——原来生命是这个意思；原来爱情、家庭、道德与责任，它们是这个意思。

我已经迫不及待地想要把我们的月光分享给身边最亲近的人——告诉他们，我被填平的深渊里期待着两个未出生的孩子；告诉他们，我的病情已经安稳，换回他们惊诧与祝福的目光；告诉他们一些真相；告诉他们纵使眼下阴雨不断，风声一直摇窗，但因为有个灵感忽然而至，内心反而踏实极了。

两个自杀的人

明明只是同龄啊，这些人已经陆续有了各自的归属。

我羡慕他们——对自己社会属性的清零，人生意义的否定，所有的虚无在纵身一跃时才真正被接住。

那些血肉脏得很，偏偏骨头白花花。

我鼓起最大的勇气也只能做到推门出去之前不怀疑而已。

人间

我替小镇青年指路，货车发动时推一把；我熟知短句与节气名称，用断木枝戳开粪土来记录肮脏的构成。在某个滥竽充数的黄昏下，我的困惑来自大部分人的五官的神似。

肠鸣音

饿了。肠壁胀大，腔管内，断断续续的冷空气过水。

那声响就像邵氏经典剧里话多的反派，临死前的笑。

一个梦

我昨晚梦见你了，梦见我们走在白色的铁道上，秋风摇荡着日落的芦苇丛。梦里，你是我童年喜欢过的人；梦里，你还是你，但那个女孩我已细想不起。

之后我醒来，出了一身汗，身体陷入沼泥般的床垫里，墙角还残留着昨夜的阴影。我们似乎很早以前就认识了，我向你求证这一切，求证我们渴望衰老的此刻、你还是你、生命并未前行以及那一次对望的因果。

过敏

我们误解了所有事件的发生——孤独的洪荒之态，情欲的折骨之光。黑夜把玩着时间，也被时间把玩。你听白昼的清梦将信物从矛盾的巨浪之中窃走，它去时没有一点声响。

吃火锅的新教旨

你还要加菜，就说，你还要加菜。
全知全能的主不体谅没吃饱的人。

曲终

昔日，我们的矛盾里并没有死结一说，只是反复无望的关系使人犯懒，那些原本可以解开的疙瘩如今已经不想解了。

分开时，我们都很难过。这难过并不沉浸，也不持久。我们能感觉到饿，我们想喝可乐。回忆在一起的光景，刚有些鼻酸，就被一只路过的野狗打断。为免尴尬，我们谁也不破涕为笑。

乘绿皮离川至西安

青黄一片的山峦接壤鸟的眼睛。

古语在疾驰中被拉长——村落，钢架，经过几块现代史的骨头。没有百年层楼，没有。

我在一节满载流光的车厢里，看青蛇咬铁轨。

你说春天，我们应该走进黄昏里去采摘一些花草

你说春天，我们应该走进黄昏里去采摘一些花草，把所有亲人的注目收集晾干，一寸扣一结，再亲手编制成串，用星辰标记出最重要的那些日子——比如携手走进礼堂时的明灭；矛盾消弭后的微光；孩子出生时的扑闪。

我是知道的啊，未来虚幻，不比掸去你子夜时发尾的露珠儿一般令人心头一颤。它无法被架构，身处里头的人，或跌破荆棘，或郁郁出走。我不知它会在何时，以何种形式变得具体。我只是知道，我们熟识彼此深渊里的每一处风口，我们在这里栽种植被，挂起四季，我们知道应当如何将它填满。

所以，没有什么旗帜需要升起来，我们只是创造，这里不是领地；但总有一些动人的时刻会被遗漏，所

以，每到春天你就会跟我讲，我们应该走进黄昏里去采摘一些花草。

春雷

我走近你，走向那座由秘密砌成的小屋，它有长着倒刺的白色门廊，风起时的黄墙壁上颤动着的树影花苞。我走过通往时间的暗室，水池正中央摆放着一盏铜制的少女的灯。

在三月的某个夜里，我绕过春雷前来探秘——我找寻见书柜上摆放着的十五岁的你，琴谱上若隐若现的十八岁，以及十四岁那年课间未传完的字条。

你从黑暗中送来一个酣沉的吻，它有着酒意未消的夜风的味道。之后雨声四散，多出的四季，你让我找见一些，又新藏下一些——譬如藏在花台下的那个七岁嬉猫的你，浴室里瘫倒的十六岁，以及床单上的花格子叠满关于二十岁的幻想。

秘密的三月并没有透露出什么，我们从环岛一路小跑过单行道避雨。对于所爱的人事，我总是后知后觉地记下——安然如那夜与你的父母长谈，面对疑问，你在桌下轻轻勾拉我的手指。你将眼神投向我，没有说话，却又似乎在那一刻，递出了所有问题的答案。

四月黑雪

白灯暴力地倾泄在你的身上，我把用坏的语言投向黑窗之间——大雪迟到了，是遗憾让我们比以往更为生动，它隔着玻璃与鲜花来折叠一座未命名的岛屿。

我们在房间内循环着同一首曲子，孤独以抽水机的频率在喘息。你阴影般绵软地游过白床单，我把持住抖颤的雪橇，驱赶闻腥而动的鱼鹰，以便你用剩余的时间，来制造一场毫不声张的沉船。

四

短句

1 人可以严厉，但不能讽刺。(2013.11.30)

2 在南方从未见过结冰的湖泊，水藻枯干被凝在底面，冬日下一层油油的琥珀色。(2013.12.25)

3 不要图经历的好看，对苦旅呵呵一笑，避走瘠薄的险壑和滚落一块块衰亡的陡坡。不吁嗟湖泊水浪的不造作，冬日夕沉的快。雪莱从诗中走出来，你就把他塞回去。沿途蹭车，给老司机递烟解乏。不夜宿戈壁，不挎旅行吉他，不惦记竹筒盛雨露的事儿。你要爱荒野上的风声，胜过爱贫穷和思考。(2014.03.24)

4 不生私欲的愚直最不可赦，这类人善无缘由，总是毫不使劲儿地坏。(2014.06.17)

5 人该有故乡的善良。(2014.06.22)

6 这里四野开阔清明，西南靠海，白色的建筑飞檐宽大，常见摩托在柏油路上疾驰，雨季少雾，阴天起早无日升。我们不言语地流汗，将烟头掸进空矿泉水瓶，风吹椰叶的光影透过窗户打在绣花的床单上，跃动时入镜恰好。你说暮光下斗笠晃眼，空气里有薄荷味，酒衬时景，该走上一罐。（2015.07.05）

7　浪花向倾斜的时空一角涌动，星斗呈气态，篝火引燃，不谈风土，屋舍边角隐存历史，觉知不再经过，只以为海天相接处，诗意上更近宇宙。（2015.07.07）

8　发现对伊藤润二的作品观感很贴切的一个形容词——洛夫克拉夫特式的“宇宙恐怖”。（2015.07.20）

9　二〇一三年七月，在拉萨，一个乌云密布的小雨天，我们坐着火车环绕山谷，想在途经纳木错时赶上日落，可天色直至暗沉也没有转晴。同行的几个藏族小伙出站后背驮着包消失在雾色里，我们在中转站台外打牌吃薯片，等下一班回程的火车。（2015.08.24）

10　小炒无剁椒何以度秋。（2015.09.11）

11　以阅读止损。（2015.09.14）

12 气色阴得像泡在芥末酱里的土鲶鱼。(2015.10.10)

13 老家砖墙外有株榉树，主干挺拔，枝叶葱茏，打我记事起便在那儿。四五月起大风，隔窗见树影如猗狂可怖，一到深秋枯叶便簌簌掉落一地。老树在扩院时被伐，乡里懂木工活儿的说，软木弃之可惜。一时间院内锯声刺耳，木屑飞扬。后来，它就剩得一截秃桩，半身嵌入墙体，像角落里的一张矮板凳。(2015.10.12)

14 晨早读新诗，“While I was passing with the crowd in the road I saw thy smile from the balcony and I sang and forgot all noise”。路旁一株露眠冬青，凡事都结伴成行的好。(2015.12.11)

15 墙内的电流声像一幅清素的山水图。(2016.02.03)

16 西北以西五十里，枯草坡下的倒淌河镇，如瓷碗倒扣的穹顶，一路上都阴云低压。车上放着粤语老歌，时有羊群穿行于109国道。湖仍是那片盐水湖，只是油菜花的耕地还荒着，风似有目的地吹，玛尼堆旁积了沙尘。(2016.05.13)

17 扬州之静，雨后灯彩流动似有呼吸。几条街面上的建筑仿古，不比酒店玻璃窗外车流静默有古意。音乐节几日，不见有萤火虫，倒是在帐篷区逮住

两只蜻蜓。没去瘦西湖，浴缸里睡过一晌，离长江近。半醒间啜光雨阳买的小瓶桂花酒，白灯下避世。（2016.06.11）

18 房间里装了电扇。金属螺旋转动时短促地摩擦，发出持续而高频的响动，尤其在阴天，替悄寂的懒夏数拍子。小鱼一摆尾在瓶中沉底，空气流动起来而情欲奄息。（2016.06.28）

19 填词，我相对注重文字的雕塑感。阅读必要，但灵感如旱时喜雨，通常是无从谈及的。表达之轻，归建筑过的共情及通感。人之经历不同，从字里行间攫取到的信息也不尽相同。创作有趣，言及故事便被拘缚了。（2016.07.05）

20 内心很多美好的愿望都是不道德的。（2016.09.02）

21 火烧云淡去，从根河望向整片湿地灌木，拉布大林的月亮悬于半空，砍柴和骑马的人互不相识，各自从北边归来。（2016.09.14）

22 月光隔着槐树叶，电缆隔着雾。（2016.09.17）

23 从小不喜甜食，尤其忌口蜜糖叫人心慌的甜腻感，在肃寂没有风的冬夜里，兑过温水的蜜有“沉尸”的味道。（2016.11.12）

24 秋冬雨量少，私存的印象也少。大概四野无声，萧索而燥涩，偶尔小雨也似冷汗般扰人体感不适。（2016.12.25）

25 去北戴河之前或将停供暖，城中的霾与春雪是灰褐一线的二月人间。（2017.02.21）

26 梅雨上天竺，沽酒常青绿。（2017.03.19）

27 法律只不过是我们意志的记录，罪者服法，法的量度才是关键。司法上渎职者该肃清，涉案者要追责，无他。人情尊严是舆论燃点，但制度困境和公权力的不作为才是正题。困于义愤的人只设问而不解题，这是在养罪。一如汉密尔顿所言，法律如果没有法院来阐说和界定其真正含义和实际操作，就是一纸空文。（2017.03.26）

28 住在老城区的一家旅店三楼，窗外是一墙红砖，屋内电器声扰人。春日过半，南京的气温比合肥稍热一些，不见隆冬来时的枯荷，远处几只野鸭游过清晨的玄武湖面。六点一刻，楼下的餐铺也开始迎客。今天是巡演的第四站，此处距杭州大概一个多小时的车程。（2017.04.14）

29 是鱼早知春，赠歌于钱塘。（2017.04.16）

30 喜欢杭州，一场夜雨之后气温骤降，凤起路两端的法国梧桐抽出新叶，春风一过把人间藏起。西湖环岛的竹林旁三俩茶农无声劳作，上天竺的庙宇新漆，雷峰塔同百年传说一并翻修。断桥上游人之多，观潮不必赶钱塘，龙王如是说。（2017.04.18）

31 窗外的峭壁上有两株桃树，蔽光的流云朝西北移动很快，地图显示这里是渭水一带的观音山近旁。火车还有三个小时抵西安，我在中铺，泡面绿茶，吸烟处。（2017.04.25）

32 朝阳以北的城中村，月租五百近千元不等的破落平房，四五平的居室以帘布隔断，住户多数来自川豫。菜市，澡堂，供盥洗的露天院坝，洗头房门口倚坐着几个浓妆糟乱的中年女人，野狗死在路中央。这些景象时常让我联想起赵亮镜头下的火车南站，但那里的现实似乎更为严酷。因冤苦走出来的人，故乡是个回不去的地方。（2017.04.28）

33 霓虹，长梯，云雾压境的码头索道，轻轨驶过纵横交错的城市空间，常见三两栋高楼阳台上的绿植冒头，爬山虎覆满半面墙。Cyberpunk般的几何线条构建出一种老旧与现代感交替的市井烟火。两顿老火锅之后，街道倾斜，洪崖洞远观如请神的祠堂。今日重庆小雨。（2017.05.02）

34 清早，两只麻雀落在小院的秋千上，扑腾打滚又转而飞走。小满近了，换去旧琴弦来洗桃攒新作，赶七月前或进藏。（2017.05.19）

35 几只灰鲸露出肚皮横游在楼宇间，城市一张口，雨是跳跃中的睡眠。（2017.05.22）

36 人们在车厢过道里站着，或半坐在皮箱上。吸烟，泡面，等解手。没有恒河下游发臭的浮尸，只有灯草绒裤腿与塑胶亮片，某种撞色的、黏糊糊的工业之美。厕所门闭锁着，四十个小时的行程，起码有四种方言同时在对话。（2017.06.06）

37 一场夜雨之后，眼下的八角街上人影稀少，目之所及的店铺无一营业，有些许清冷，不比昨夜那群僧侣、行人、妇孺转经朝拜时的人头攒动——他们沿大昭寺至林廓街，在信仰与民俗之间，口中嗡鸣，双手合十并高举过颅顶，一跪一趴一前行。人群中，我试图绕过几个正编织彩辫的游客回旅舍，空气里一股桑烟味弥漫。

早七点，被窗外的雀鸣扰醒，高反尚未消退，周身还有些发热。从旅舍四楼眺望去——红瓦白墙之上，山峦层叠间的云雾慢涌，可见不远处的经幡在晨风里飞扬。听索朗拉增说，今天是藏区的萨嘎达瓦节。（2017.06.09）

38 云轻灵地移动时，有折槐木的声响。星斗沾了雪，犹如子夜一过的圣湖。（2017.06.13）

39 山川从不有感于山川，湖泊之上无圣灵，上古的灌木下潜时也不知亿万年后会引炮火。而我是为童年的误解才维持住与这世间的亲密。（2017.07.08）

40 有鸟栖在录音棚外的黄色屋檐下避雨，雨不大，树枝盈盈地点着头，与电缆一同起伏。雨水落在二楼阳台上，不多久便积起了一层涟漪。雨水跳起来敲门，手一晃玻璃窗，水珠便伺机吃水珠。蝉声停下时，仿佛是在给幽微的雨声让出点什么。（2017.07.18）

41 雨幕拌青笋，不等蹄花汤。（2017.07.18）

42 楼下的巴士总是在前一个路口便左拐，让我错觉是清晨的树木在轰鸣。昨夜关于摇滚乐的酒精已挥发殆尽。人们在九点一刻的阳光下撑伞，但其

实并没有什么好去处，城市里的阴影总是走散。(2017.09.17)

43 黄昏时的风像覆裹了一层薄薄的黄油，抹在树皮上或某片阴影的对角。你叫我仔细听空气中传来的底噪——墙内的电流声，草木的呜咽，车窗摩擦气流时产生的低频，比音乐里的还要大一些，脏但却真实。(2017.10.24)

44 梦见两只蟒盘在老家屋顶的灰瓦片上，河水泛着黄色泡沫，口中一股尸臭味。(2017.10.26)

45 "The world puts off its mask of vastness to its lover. It becomes small as one song, as one kiss of the eternal." 几只麻雀穿过紫红色的流云，万物枯蔫、静止，没有一片叶子的去向是毫无目的的。(2017.10.28)

46 麻绳缠在一起磨糙了就是夜的质感。关于这夜的去向，你知道与梦境抢食的乌鸦总是正确。(2017.12.17)

47 五台收割机不均匀地分布在四野的田埂间，天气阴沉似要落雨，麻雀与稻壳伴着轰鸣声漫天翻飞。去年九月农忙时——再没有从邻村赶过来的麦客，从前几日的劳作如今只消一晌午，茶铺一坐便消

磨过去。九月不是归乡的常月，这样的景象我已经小十年没见过了。(2017.12.18)

48 黑夜像台碎纸机，捣碎秘密吐星尘。(2017.12.21)

49 家近旁的旌湖中长出了高过堤岸的芦草。南方的冷，是电器声不断，死物般的冷。(2018.02.01)

50 三月的云层很高，街对面一棵叫不上名的高瘦老树还未落完上一季的叶子，只见一辆红色洒水车迎面驶过，我猛地意识到过往多年的春天，已经很久没下过毛毛雨了。(2018.03.15)

51 春朝消沉，夜不饮酒。(2018.03.25)

52 清晨四时，车头灯驱散路面上的早雾与雪，乱石堆旁偶有野兔窜走，从右侧车窗向外望去，隐约可见林中僧寺。此地海拔四千二百米，我们一行七人，从香格里拉镇穿行贡嘎神山至亚丁。来时的村落已与幽蓝的积雪融为一体，没有日出了，同行的画师正在整理木架与画布，雾中远山似有克苏鲁神话里的巨兽出没。(2018.04.27)

53 三月的春夜还没有回暖，我们走出酒馆，月牙白晃晃，那是鼓楼后巷的广场。一名青年躺在广场中央，身旁有几瓶啤酒和一台可以连接手机的音箱，喇叭中正播放着鲍勃·迪伦版本的《You Belong To Me》，青年似乎已经半醉，他跟着曲调大声地唱和：You belong to me. 你属于我。Oh I'll be so alone without you. 噢，没有你，我将形单影只。Maybe you'll be lonesome too and blue. 或许你也和我一样孤独。Fly the ocean in a silver plane. 乘着一架银色飞机越过重洋。See the jungle when it's wet with rain. 望着正是雨季时的丛林。Just remember till you're home again. 回想着这一切，直到你回到我身旁。我和你站在不远处，与青年隔着一排枯树枝和满地的碎叶，静静听着歌，那是你将飞回洛杉矶的前夜。(2018.04.29)

54　冰川深处藏有一个日落的梦境使人焦虑，你将会在中产者的无效睡眠中窒息而醒。(2018.05.21)

55　服药，饮水，戒烟。六十个夜晚如同爱欲颤栗后的一潭死水。(2018.05.31)

56　六月，蝉响仿如被烈日炙烤的水泥路面的呻吟，我们行走在蝉的体内，那怕羞的诗句已快快避开。(2018.06.07)

57　乘机回四川。芦草，冰棒，绿意覆满的水洼，乡间路旁被晒干的虫子尸体，爷爷大寿；久违了玉

双米粉及兔肉火锅。（2018.06.23）

58 昨夜的梦境塌缩成一片死湖，云端早已没有月亮；我们穿行过梅雨正盛的洞穴，满足于周身谎言的淤泥，失忆般的屏息声由咽喉下潜至床底——拖出孤独的长音。我看见无数团星火从你蓝色的脊背间向下坠拢，烧毁了世上所有命运的荒野。一如我们所知——走火的枪口并不致命，它会溢出夏天青桔破裂的清香。欢愉是毫无意义的。一只麻雀正落于你的耻骨上跳跃，饮水，而我闪耀的疮疤正失去它仅有的阴影。（2018.07.04）

59 姑苏湖中亭，暮雨。我们赤足坐在湖边对饮黄酒，看夜航机缓慢地绕过一颗不闪烁的星星，撞向云层深处的雷电。（2018.07.09）

60 周五，晴，酒馆的玫瑰来不及制冷，方圆十里的出行软件集体失灵。（2018.07.20）

61 喜欢八月废墟之上鸽哨的鸣响。（2018.08.04）

62 绿水池上浮动着几只蝉的尸体。网络避开神灵，食欲属于远古。（2018.08.13）

63 游船行在水波灯影之上，盘中糖藕沾了南瓜花粉。七夕夜，下榻于傅记小馆以南、河街相邻的民宿。（2018.08.17）

64　野鬼嚼茱萸，白烛化人世。(2018.08.22)

65　今年的秋天比以往更亲近黄昏。蒋一谈在《截句》里写道:“尘世落在身上，慢慢变成了僧袍。”(2018.08.29)

66　九月。写作、夜宵及热水澡皆是对生者的招魂，失去曲调和睡眠的人需要一副金属牙套。(2018.09.01)

67　到广州了，单行道旁横卧一棵被台风连根拔起的树。河中行船，垂危的广告灯牌忽闪。楚桐夜跑归来，今晚的月亮是黄油味。(2018.09.18)

68　清水寺的冬天。几只白鹤伫立在鸭川的浅滩近旁，佛龛之上覆满青苔、红叶和乌云。你说伶人属于神怪的年代，这里的古人以煎茶的工序新写俳句，用遥远的长安打扰李白。(2018.11.14)

69　电车经过了，鲤鱼游向落红的高野川，庭院中的字帖上写着“绿是未忘尘”。(2018.11.15)

70　宇宙是亲密的。星群撞击而亡，所有麻雀横行。电波穿过深海的鱼骨来制造一次闪烁，遥远的炸裂先于梦境解放枝头的卫星。黑夜是时间的原型，我是一无所知的产物。(2018.11.23)

71 对冬日的印象有三：鸽哨，蓝房顶上的写字本，冻土里长毛的冰糖葫芦。(2018.11.23)

72 邻居送来两枝蜡梅，李桂贤的妹妹哼唱着："人无艺术身不贵，不会娱乐是蠢材。"春天里的锯琴和烟火，贵州的梯田，姐姐的坟。陆运坤在一旁自顾自地念叨："每天至少要为家里做一件事。"镜头里的物哀气息泛涌，却又不动声色地被温情拦阻。——过去的事情就让它过去，我们并不惋惜。你看，今年燕子又来了。——纪录片《四个春天》观后。(2019.01.07)

73 除夕夜，麻雀入户偷腊肉，该辞旧岁了。我亦随人投数纸，世情嫌简不嫌虚。(2019.02.04)

74 舞厅里穿着老派的中年人居多，LED的灯管闪耀，如同昨夜的星辰般优雅地坠落在舞池四周，人们伴着老港的动感舞曲扭动着身体。楚桐靠过来，问我喜欢这里吗，说着便要拉我入舞池。南方梅雨季的湿热，混杂着皮鞋跟敲击木地板的律动，正被角落里一台旧式的磁带DV机记录着，就像潘越云在《纯情青春梦》里唱的那样：不是阮不肯等，时代已经不同。那是属于上个世纪的歌，在这个如梦的春夜里已然静息了。(2019.02.15)

75 骆驼咀嚼着仙人掌，对岸浮着绿藻的海面上白船收起了帆。——旱季将至，野鸽在蓝房顶上凝视着黑袍子，它对旅人说："今晚这里就不日落了。"(2019.03.17)

76 时代的阴影太小了，放不下我们。为昨夜获得的名声，你应该痛哭自己的无能。(2019.04.22)

77 我看见野猫跃下滑梯。暴雨之前，闪电离情人最近，它隔着乌云藏在月季的花苞里。(2019.06.02)

78 要拦阻自我在有可能的单一经验里步向封闭。(2019.06.25)

79 水草是河流的意识。(2019.07.17)

80 秋夜的水洼里有什么？垂死的虫和悲观的星星。一些宁静正在模仿鸟类飞行的方程。(2019.10.10)

81 铺满万寿菊的小径旁有几只家鸽在啄石拱桥上的一扇蓝窗户。(2019.11.03)

82 鹅卵石铺就的车道旁熟睡着一位从上个世纪骑马而来的朝圣者，他已经很老了，灵魂轻放在鲜花与天鹅绒编织的墓穴中。他相信古老的智慧来自青蛙，龙舌兰饮于火焰。他相信诗人住在开采矿银的地下城，舞蹈拥有血脉。——时而他也怀疑，怀疑往事并不为真，历史总是人为。当北境的教堂钟声遗落在深秋的云上，人们会继续歌唱。属于亡灵的节日过去了，今晚仍将有无数个庆典，打扰他那来自人间的梦。（2019.11.04）

83 1809 W 27th St, Los Angeles. ——从居所到便利商店的距离，是流浪汉、野狗与枪支的距离。你说：“超级英雄的时代再也没有嬉皮士了，乌鸦并不适合娱乐。”爵士乐已是可乐与海浪的变奏，日落的云团里藏有烟卷和少女的雀斑。（2019.11.08）

84 十一月的加州气候介于山火和冰雹之间，伯班克街区里的绿植永远在修剪，你听说过的电影人住在城郊山上，直晒的阳光属于脏泳池和坏睡眠。（2019.11.22）

85 梦见西伯利亚的雪原上两只驯鹿拖着一间枯枝编成的小屋从崖边跃下，远处是白色兵工厂和巨型的蒸汽飞艇。（2019.11.27）

86 冬天落在老者的风衣上，有松柏的星空便是雪原。（2019.12.28）

五

杂文

石桥边

老家堂屋的侧门有一弯石拱桥，桥旁是一块用于洗衣物的水泥板，两头因底下垒砌的石砖数量不对等以致它有些倾斜，石砖半截浸在小溪里，隙缝间冒出毛茸茸的苔藓。小时候爬上去要费不少劲，羡慕同村上小学四五年级的大哥哥们，轻盈地一跃而上，坐在上面玩儿干脆面里换来的小卡片，明目张胆地抽起从大人那儿捡来的烟屁股，我参与不进去，便坐在一旁围观，他们聊至兴起哈哈大笑，我也跟着不明就里地附和。

那是一九九五年，我四岁，每逢扬嘉镇上逢场时，便会陪奶奶去镇上听川剧，集市上散装的大白兔奶糖已是当时的奢侈品，那年《玩具总动员》刚上映不久，我还没有进过电影院。坐躺在灰蓝色的石板上，树影在身上晃动，没有树荫遮掩之处被烈日晒得滚烫，从溪里捧点凉水浇上去很快被蒸发掉，留下一圈温热的浅色水渍似块胎记般渐渐发白。我清楚记得那时的溪里是有小鱼仔的，土黄色，沉在水底也不游动，人一惊扰便钻入水草里消失不见。溪水清澈冰凉，脚探入水底，泥土松软，时有几叶浮萍绕过腿肚向下游飘去，浮萍在水波里跃动，阳光下鲜绿得透明。

一到暑假，村里的同龄人便会多起来，午后我们常聚在石桥旁玩耍，几个女孩在大院里跳皮筋，男生就捉迷藏。四奶奶家的谷仓，堆放木柴的茅草屋，和田埂间疯长的野草丛都是最佳的藏匿地点，玩至黄昏时分汗流浃背，衣裤上的谷壳草屑与汗水黏在一起，浑身刺痒难耐。

回到院里在压水井旁一冲洗，从冰柜里取出一块用奶粉兑水制成的冰块含在嘴里，打开电视，困倒在凉席上，正赶上五点半的动画城时间。那是一台老式的长虹彩电，大概二十寸不到，只能收到十余个台的信号，但董浩叔叔的大风车，成龙周星驰的老电影，开心鬼和李伯清都在里面。童年可供娱乐的选择并不丰富但乐趣不少，在大字不识的年纪逮住一只蚂蚁将其扔进沙坑，便能在脑海中导演一出险象环生的英雄剧。

晚上大人们喜欢聚在石桥边纳凉，有的搬来木椅坐在田埂间抽烟袋，有的打着光背，手里端一杯茶，蹲靠在树下或坐在水泥板上，伴随虫鸣蛙声闲聊些我听不懂的话题。七八月份蝉叫得很响，入夜之后更甚。如果听得细，还能听见不远处河谷里传来的布谷鸟叫声，我从未亲眼见过布谷鸟，乃至它的叫声消失于何时也没有印象。

夜空中的星尘密密麻麻，想起奶奶给我讲的小人书里的神怪故事，总觉后怕。萤火虫在草叶的根茎间扑闪，时而漂浮在稻田上，那时的夏夜，目所能及之处都是月光下绿披银的远景轮廓和星星点点的光斑，在记忆里美得有些不实。

与星夜、萤火虫、布谷鸟的消逝一样，关于儿时的许多细节，都如同一场没头没尾的梦境，在日常中的某一个时间节点忽而闯入，似有发生，又杳无踪影。

而今回乡，石拱桥已被填平，但水泥板还在，只是比印象中矮小了不少。记忆里那些无意放大或修饰过的景物变得粗陋而真实，小溪荤成了泥土黄，水滴溅到身上都会觉得脏污，再不会探下身去。邻屋的同龄年前已结婚生子，一家人搬进了城里的开发区，小娃的咿呀声隔着房门仍清晰可见，而当年石桥边的其他玩伴早已不知所踪。

院门外银杏结的球花掉落一地，房檐上还有燕子筑过巢的痕迹。

几只麻雀从眼前飞过又消失，如往年一样，春天就快过去了。

楠木院

楠木院属德阳城郊，离城区仅十多里车程，村子很小，人口不过百人，我自幼便与爷爷奶奶生活于此。那是个即便途经也不会给人留下丝毫印象的地方，村头除了一块锈黄偏绿的公交站牌，再无明显地标，在城区读书隔久不回，乘中巴车稍不留神便会坐过了站。

那时没有网络，乡里连一台座机电话也没有，神游发呆占据了我童年大部分的光景。一连几天的暴雨洗刷得村落郁郁昏沉，晌午过后少有人烟，小时候精力旺盛唯有自我解闷——等屋外石拱桥下的沟渠水位渐涨，我便将枯木枝探进不远处的湍流，捞起不慎落水的虫子，将其收进塑料瓶中；看浅灰的乌云缓慢移动，在心里估算下一个响雷的出现；或借雷雨声的掩护，在父亲的房间里翻箱倒柜，偶尔找出几本八十年代的破旧杂志，靠书中几章男女奇情逸事便能消磨整个下午。

雨声有趣，落在不同的物体上会发出不同的声响，急促而轻薄，汇于耳中有难以言状的愉悦感。等雨停后，便可去对面的河谷采野果，果子不能吃，拎个布袋在陡峭的林间闪转腾挪，袋子撑实了便觉满足，黄昏时带一身污回家，老人也不说骂，只催促赶紧换下衣物去洗澡。

彼时的故乡，是年少无事，听雨靠窗的虚晃。

小升初之后，在市里买了房，回老家的次数便少了。因为厌倦学校，常逃课与一帮混子腻在一起，母亲在外地工作顾不得我，便将我转到她工作所在的一所县级中学。环境落差，加之与周遭同学格格不入，导致我在那里也只捱到初二便休了学。十四五岁的年纪只听说读书是出路，但不知出路为何，所以也不觉压力，混沌度日。

往后几年打过不少闲工，老板见我年纪小也大都照顾。床头几本大江健三郎和加缪的书从未读完，倒是对李宗吾的《厚黑学》研究得痴迷，周末去电脑城淘十块钱一张的盗版影碟，与朋友喝酒打牌便是生活的全部。

五六月份的小城仍旧是连场的大雨。二〇〇八年地震，红色的积云在天空凝聚久久不散，其间政府投资开发商划走了城郊一大块地皮，城中筑起了立交，几个重工业的厂子也相继迁了过来。楠木院临近一环，当年摘野果的河谷近旁建起了花园酒店，十几个村落被归于一处，烂泥路被沥青铺平，一片浓烟腾腾中那条往返老家的路消失了。在合理的补贴下似乎少有人觉知阵痛，城乡里的人聊及此事多是翘首以盼，言语神色间满是附和时代趣味的吁嗟。

而我的生活如常，读闲书，看电影，昼伏夜出。几个发小开始为高考备战，几次聚会中由我挑起的话题显得不合时宜，他们聊到专业的选择及某所大学所在的城市，原本模糊的未来在此刻忽而变得有迹可循，我尴尬得像一个失言的人。高考过后，有人选择复读，有人去了想去的城市，我在家里待了小半年，凭父亲的关系进了一所医学院就读，专业是颇有前景的康复领域。

彼时的故乡，是生活以线路织成的一面巨网。

学校是军事化管理，十二个人挤在一间不通水电的宿舍里，闲余时间的集体活动是斗地主，打两块不封顶，我牌技烂便少参与，唯有看书消磨。那阵一个月只能回家一次，老友们为学业各奔东西，相处一年多的女友分了手，与社会上的狐朋狗友不愿往来，所以一归家，便会回楠木院待上几日。

二十岁出头，在与爷爷奶奶相处的大多数时间里，我们彼此寡言。村子在历经几轮的翻新修补后，伐去了道旁乱长的树木，填上了路面的坑洼，拆去了几间茅舍，规规矩矩反倒显得萧瑟。进村的垭口上有一条由南至北的铁轨，小时候常有运煤的火车经过，不知荒废于何时。如今铁道两旁已然芦草丛生，站在上面沿笔直的乡间小道远远望去，只剩一栋小茶楼外散乱摆放着的几把竹椅，几个老人坐在小凳上抽着烟袋侃天，清冷得令人有些不适。村里的同龄人大都已经进城务工，偶然再见时，言行间流露出熟悉的圆滑与钝感。成长于他们而言，是对上一辈人的复刻，这种小心翼翼的世故似乎生长于每一方相似的土壤里。

从学校毕业后，我没有从事本专业的工作，而是选择北上。列车从成都开往北京将近两千公里，途经二十二个站，一路摇晃中，我望向窗外不断变幻起伏的曲线——生活带来的不安定，被巨大的漠然与惶惑接住，既不知前路何从，也不知乡关何处，唯有把自己抛进莫须有的规则里才得以抵消一点虚无感。

今年晚些时候，父亲从网上发来一组照片，老屋拆了，盖成了方正的二层小楼。这是父亲心心念念要做的事，我替他高兴。十一月，北方疏落的雨水绵软无力，风刮得窗外焦黄的梧桐叶子簌簌往下掉。故乡这个意象，终于在顷刻间被连根拔起，成为一个虚设。变化在悄无声息中行进，遗失的部分，唯有靠瞬息的嗅觉与触感去找补。感怀说不上，生命中某些事物必然远逝，人有时善忘，谁也不例外。

故乡宽待，从不介意我们虚妄无力地赋予其意义。旧岁靠提笔记下，翌年归途才有新说。想来，每一代人的故乡也不见得就是上一代人生息过的样子。不过短短十来年间，我们已辗转于世事移情的斐变之中，下次再回去时，不知这一方土地与我又会以何种面貌接纳彼此。无论如何，只身在外的人如泛萍浮梗，而家这个地方，总归都是要回的。

好雨忘时节

春雾清润，分不清雾水或雨露。香蒲枝下的塘子，水波荡起时“啵啵”吐气泡。一池绿芜萍，几只水波丝跃动。耕地里的污泥漫过田埂，黄胶皮的雨靴总是黏答答。

而时夏潮闷，骤雨急促暴烈。有斜角处便有水帘，雨珠豆大，落地噼啪作响。蝇虫嗡嗡，潺潺清溪霎时变洪流。六月多雷电，积云聚散变幻，似天宫打仗。少时总这般幻想。

秋冬雨量少，私存的印象也少。大概四野无声，萧索而燥涩，偶尔小雨也似冷汗般扰人体感不适。夜行人提灯出户，叫卖茶点的小商贩隐去在落晚霜的乡间。

还是楠木院那一隅故土。早春时被伐去的树墩还在，搬进城区的邻屋玩伴也偶尔返乡。还是在石桥边，绿皮车驶过的铁道旁。春耕，夏耘，秋收，冬藏。四者不失时，故五谷不绝。世态之理往往素朴至极，而我们善忘常理，在雨中只顾说雨。

摇晃，摇摇晃

六月进藏，四十二个小时的硬座长途，车厢里的乘客们酣沉，无数个村落从眼角余光间飞驰而过，模糊得尤似一具具远逝的骨架伫立在荒地里。群山、密林、贴满广告灯箱的小镇平房，天地间余下一条绵长的波浪线，万物如幻灯般反复，窗外时而阴雨连连，时而碧空万里。

我们乘坐的是一列老式绿皮，它没有中央空调并且供水不便，同所有上个世纪末判死刑的旧物一样，车厢内积满了擦拭不尽的尘垢，结实的钢筋地板有些不自然的凹陷，但好处在于，只要费些气力车窗是可以打开的。

我蹲坐于吸烟区的角落里，一根接着一根地吸烟，四下无人可以攀谈，唯有吐烟圈解闷，忽见不远处一棵桃树晃过，我目光紧随而去，那树下野草正拔地疯长，桃花开了两三朵于半山腰间格外醒目，但很快又被层叠的景物遮掩过去消失不见了。一晃神，烟灰便掸落在黏稠的铁皮上，又被漏进车厢的疾风卷起吹散，眼下的景色一瞬间由枯绿转黄，紧接着列车便驶入隧道，除了恒定的哐哐声伴着轻微的晃动，世间漆黑一片。

当人被限制于一处又无事可做时，时间会变得尤为缓慢，唯独黄昏例外，它仍旧短暂。天边鱼肚白仿佛只侧了个身就顺带将夜色星辉覆于穹顶了。入夜，一片冷寂的车厢里打呼声不断，窗外的深蓝里偶尔飘过几处浓重的黑影，那是几间熄灯的平房，似有人于此过活，叫我在头疼不止中平添几分遐想。一片流光犹如鱼儿般游过整节车厢，轻盈地划过桌椅、旅客半卧的脊背，又从尾部窗口飞升而去。车厢被切割成好几块立体的阴影，如剪纸画般，没有人注意列车大概正在经过某片城区。灯光并未带来人气，疾驰的隆隆声仿佛宣示着它是这片大地之上唯一的活物，窗外的河谷村庄、工地楼宇犹如一出百年文明史的进程正在上演，我陡然升起一种被世间隔绝的荒谬感，局外人一般。

随着长时间的旅程而来的，便是挥之不去的困顿之感。列车一驶入高原地区便气温骤降，不经觉察的缺氧使得人头脑愈加昏涨。

翌日，列车驶入中转站，我被刺眼的阳光和站台上的喊叫声扰醒，身旁有人在看报纸，有人拿出肉馕就着药酒一并下肚，看得我口干舌燥。我厌倦个人的旅行，尤其是长途旅程，人大都感知力孱弱又不善寻思，蓄意去往某处，计划一次行程，除了既定的无聊感怀、制造些随处可觅的谈资外，于生活和个人并无疏解或提升，还隐约有些虚无者的丧气。但陪同友人出行就当别论了，可全当一次赴约或一次野游，目的地由南至北——为吃上某间小馆，为探某个故人，或仅为躺于某片星辰下，不关乎时间地域，风景无非不确定的见闻。环境之别，即是人之不同，还算有趣。

离拉萨大概还有二十多个小时的行程，周遭开水泡发的油炸味伴随着轻微刺鼻的体臭弥散开来，半掩的车窗透进清冽的草木香，如此种种，混杂一起，虽是盛夏仍可嗅见一股隆冬的味道，那仿佛上个世纪的余味，让人顷刻间经历了一整个四季。列车又将启程，我摸出手机开始敲打下张专辑的歌词，没有感触和新鲜事，仅仅是记录，关于这段行程。

独立音乐与我的词作

南京演讲稿

一、缘起

如果铆足了劲儿来回忆，我还能回想起来，在我印象中第一首会唱的流行旋律是高胜美的《青青河边草》。站在老家绿油油一片的稻田旁，并不会过多领会唱词中的内容，是河道还是引水渠，是青草还是中稻，无所谓的。只要耳边响起它的旋律，我就会联系起老家那一片晃眼的绿色，牵扯出童年与乡情，更多复杂的细微的情绪也随之带出。当然，这并不是《青青河边草》这首歌的本意，但它确实做到了。后来我想，一首好的流行曲之所以能打动人心，也许并不取决于它所歌唱的内容与我们生活的吻合程度。歌词构建一处场景，旋律让场景流动起来，音乐一起，人们心中那些美好的、忧虑的、缅怀的情绪，便跟随旋律走进歌词所构建的场景中去了。

我第一次萌生出自己写一首词的想法，大概是初二的年纪，之所以说初二的年纪，是因为当时成绩不好，加之转学去母亲工作所在的乡镇上又留了一级，还在初一。那年周杰伦《十一月的肖邦》发行，也算是鼎盛时期。网络上出现了很多——用现在的话来说是——后周杰伦时代的原创音乐人。其中有一位叫XUN的音乐人，他的一首《绘梦之卷》引起了我的注意，为他填词的作者名叫耕耕。

透风的七孔窗口射出西北角
抛下待命形状杂碎的格调
潜入梦群龙又无首
稻草屋简陋
九个洲晃悠又让时光走向瘦
一家封尘多年的斯蒙酒馆无人看守
回到十八年前我还在梦游

——《绘梦之卷》部分歌词

这首词在写什么呢？可能大家会跟我有一样的困惑。说实话，我现在也不知道。这时候年轻和“没文化”的优势就凸显出来了，就是看上去很厉害，但不求甚解。我还记得当时听完这首歌之后，按捺不住心中的创作欲，在课堂上拿出草稿纸提笔就写。写什么呢？不知道。整个人还停留在这首歌以古怪的修辞方式所带来的震撼中。我发现这首歌有几个比较醒目的意象，如“窗口”、“稻草屋”、“酒馆”、“梦游”，于是直接拿来，拼凑出一个相似的场景，笔力不及，但自得其乐，沉溺其中。我又在写什么呢？我也不知道。所以我最初的作品就是这样，停留在某一首歌的情境中，发展出自己的架构，简而言之，就是模仿。

我记得当时这样的创作有十几二十篇的样子，写好之后，拿给同桌看，拿给好友看。我应该感谢他们的善良，他们看后并没有表现出“这写了个什么玩意儿”或“你在干吗”的反应，而是略微惊讶地表现出“这是你写的吗”，又或者“没看出来你还能写点东西”这样的正面反馈，但对于具体的内容，我们很有默契地谁也不深究，对此我很受用，虚荣心得到了满足，从而激发我在那个时间段继续写下去。渐渐地，大概从第三周开始，身边人夸不动了。但我的创作还在继续，苦于无人欣赏，我想到一个最简便的能让更多人看到的方式——把作品发到网络上。以前家里没有电脑，我也不打游戏，不逛论坛，唯一知道可以发文字的渠道就是百度贴吧。

带着自己写满歌词的七八张草稿纸，我去到离学校不远的网吧，在充斥着“乡非”、打游戏时飙的脏话和烟熏雾缭的油腻环境里，我开始一首一首地把手写稿敲打上去，发在一个叫原创歌词吧的贴吧。当时这个贴吧会员只有几十人，发帖数不超过三页。这是我第一次让自己的作品被外界看见，但是又很心虚地不想让太多人看见，这里是一个很好的选择。

那时候的频率大概是一周进一次网吧，每次登录账号看到系统提示七八条的回复数都欣喜异常，有时候周三放学早，也会按捺不住跑去网吧瞧一瞧。后来回复数渐渐多了起来，少则二十条，多则五六十条。我开始定期往上面发作品，累积一周三篇的量，周末再一股脑上传。我在上面结识了不少写词的朋友，大家写的题材五花八门，有生活的，有戏谑的，有古风的，还有开脑洞的。没有局限，但也并不成熟。现在回过头来看，原创歌词吧里的大部分作品，是无法作为一首完整的词曲作品而存在的，但我们当时并不在乎，互加好友，在QQ群里谈天说地，甚至发展到后来有一个不成文的定期写词活动——在每个周五，我们商讨一个主题，然后各自去写，又或者一人一段这样来创作。贴吧里的人大都年纪相仿，几十号人身处天南海北，周末拼词，然后相互评价。我很怀念那段狂热的写词时光。

一天，一位自称来自北京的音乐制作人找上我，希望我为其填写几首歌词，三百元一首。粗略地聊过之后，他发来了授权合同及歌曲小样。这是我人生中的第一笔收入，靠写词挣的。同时我也发现，我原来的写法用来填词完全不适用。不谈情绪层次，我甚至无法照顾到旋律与歌词结合起来是否顺畅，此前我自认为百无禁忌、天花乱坠的题材范式在听到旋律的一瞬间被缚住了手脚，流行音乐规范的起承转合像一把把刀子一样截断我的思路。我无从落笔。最后在制作人的指导下修改了不下十次，草草交稿。当时的心情是很矛盾的，既沮丧又期待听到从别人口中唱出自己的文字。

现在有很多朋友会私信我，问我有什么渠道可以让自己的歌词作品被音乐人采用。在这里我说一说我的经历。当时台湾一家叫华研的唱片公司举办了网络词曲创作大赛，那是我们当时仅知的渠道。评审都是业内的大咖，词曲分开评比，大家都可以自由投稿，没有限制。与我一同写词的几个伙伴，包括我自己也投了稿。最后的结果是，除了我都入围了。说不羡慕是假，那年秋天他们去北京领奖，从群里发来与林宥嘉的合照，而我当时已辍学在家，思索自己未来人生的出路。

二、从港乐与独立音乐里得到启发

有了第一次与音乐人合作的经验，即便是一次失败的经验，我开始思考一个从前没有想过的问题——什么样的文字可以成为歌词？什么样的文字能够被唱出来？我所在的城市是一个饱受传统流行音乐熏陶的三线城市，说来奇怪，我们那边的人喜欢听粤语老歌，就是九十年代起来的那一批流行歌曲，而时下流行的趋势大都可以从理发店、快餐店、学校门口的奶茶店得知。

粤语歌，说来很妙，那是新世界的大门第一次向我打开。听多了痴男怨女式的流行情歌，难免产生逆反心理，各种苦恋、明恋、暗恋、失恋，就差人兽恋、人鬼恋了。别说，粤语流行音乐中还真有这样的题材，乃至更为禁忌的恋尸癖也不在话下。那段时间我对歌词题材处于一种猎奇的状态，像我们熟知的词人林夕与罗大佑合作的音乐工厂时期的作品《青春舞曲2000》：

香港如何飘香 / 乡里欢聚异乡
东与西联营开张 / 新市民旧土壤
家国应如何称呼 / 黑眼睛黄皮肤
一亩梯田容万千住户 / 关帝遥望天父

——《青春舞曲2000》部分歌词

还有描写世间百态的词作《观世音》：

释迦说法赠下遗言
拈花带笑静默无言
超生破障寂灭忘言
你会否静一点

听一个印度籍童言
听他笑说欲渡明年
听他喝清水仿似箭
你会否不张扬捐钱

——《观世音》部分歌词

这样的题材在港粤歌词中多不胜数，有兴趣的朋友可以自己去搜索一下。众所周知，林夕是位佛教徒，也是一个时评作家。虽然我本身没有宗教信仰，但不可否认的是，当年我也在这样的流行音乐中找到过开解和慰藉。我开始把那个封闭的自己打开，从音乐里产生对宗教、时政的兴趣，跳出音乐本身，开始尝试了解一些更为严肃的文学作品。似乎是有点开窍了，这时候我才猛然回望过去自己模仿的一系列词作，我以为只是笔力不及，其实更多是心力不及。都是歌词创作者，但我们的智识并没有处于同一个频段上，这样的模仿才显得拙劣不堪。

我早年喜欢陈奕迅，并不是因为他有《爱情转移》或者《十年》，而是因为他的作品里有描写蝴蝶效应如《如果这一秒钟你跟我讲你不爱我》这样怪诞的小品，有格局颇为广袤、以大见小的《人造卫星》和《故事》，有《绵绵》和《打回原形》这样非正常抒情的自白情歌。他最近一首打动我的作品是二〇一三年发行的专辑《The Key》中的《任我行》。我们的流行音乐到底还能承载什么样的题材？林夕、黄伟文、周耀辉、陈奕迅、麦浚龙、达明一派。香港的流行音乐似乎在某一个时期内已经发展出一套有别于内地、台湾，甚至有别于任何地方的音乐创作体系了，但不知道为什么，忽然间就没了。这个时候我才接受，港乐是真正式微了。从港乐里我习得更多的是歌词创作的取材，可以说凡事皆可落笔入题。

对于港乐的全面失势，我并不感到难过：其一，我是一个比较薄情的人；其二，我发现了更为吸引我的词作形式。

豆瓣网创立于二〇〇五年，我是二〇〇六年入驻的，应该算是最早期的几批潜水用户之一。得益于豆瓣的推荐功能，我听到了周云蓬的《中国孩子》，听到了胡吗个的《人人都有个小板凳，我的不带入二十一世纪》，听到了杭天乐队的《比比爸爸》，这是我第一次了解到港乐之外的华语音乐的多样性。耳机里放着这些音乐，再次走过四川小城中的理发店、快餐店、学校门口的奶茶店时，忽然觉得自己和他们不一样了，似乎要高级一些。你们看，鄙视链就这么出现了。那年我十七岁，是一个目光短浅的社会游离分子，喜欢歌词，但并不懂音乐。

从这些独立音乐里，我听到了更为尖锐的、入世的、诗歌的内容。那时我没有到过北方，从他们的愤怒、思考和幽默里，我脑海中最常闪现的是姜文导演的电影《阳光灿烂的日子》中的某种气息，电影中说是一股大夏天烧荒草的味道。如果说之前对港乐九声六调的稚嫩模仿是不得其法，但诸如周云蓬、尹吾、刘冬虹他们唱的可就是纯粹的普通话了，初听这样的音乐在听感上是难以接受的，那些听上去粗糙的制作，并不普世优美的旋律，都是障碍。其中最为极端的，是我现在最为推崇的一支乐队——腰乐队。原谅我的短浅，但对于当时的我来说，这样的音乐实在是太古怪了，但他们的词作写得实在太好。我只能安慰自己说，审丑也是审美的一部分。我喜欢腰乐队的歌词中那种对生活的近距离剖析，但又用更为含混的意象和修辞进一步丰富了它的含义，将近乎粗陋的白话与优雅的诗意融为一体。现在回头再听当年觉得古怪的旋律和编曲，才觉得是恰到好处。

所以我能理解现在很多听独立音乐的小朋友，不希望自己喜欢的音乐人火起来是种什么心态。美好的自我体验总是不愿意与旁人去分享的，但是我比你们幸运的是，我喜欢的音乐人，在大众意义上确实没有一个火起来的。

那是二〇〇八年，我告别了青春的叛逆期，体质开始变得容易发胖。我爸爸通过他朋友的关系，把我介绍到一家做机械加工的小公司，跟着跑加工小型涡轮的业务。德阳是一个重工业城市，做机加行当的公司几乎遍布了我所在城市的城郊和开发区。这是一个能赚点小钱，但是竞争压力颇大，上升渠道艰难的行业。我清楚地记得我上班的第一天，那是一个对四川人来说终生难忘的日子，二〇〇八年五月十二日。没错，我只在这个行当里待了一天。

三、北上

二〇一三年来北京之前，我辗转过好几份工作，最后回到学校，读完专科，生活跟大部分人一样，已经开始计划就业、结婚、贷款买房，准备按部就班地步入中年。那段时间我已经很少再去听新的音乐，转而迷上了科幻小说和各类杂文集子，当然诗歌也在其中。我看不了大部头的作品，这些于我正好合适。学校是军事化管理，周末出校也得批假条，但在校外也无非是唱K、喝酒、打牌。在校的第一年还能勉强自己和大家打成一片，到了第二年就开始独来独往了。这段时间原创歌词吧被查封，我也没有继续写词，前面说到我不打游戏，牌技也是奇差无比，所以课余时间无聊到只能靠阅读消磨。我真不是一个多么热衷于看书的人，在生活所有的娱乐项目里，读书一定是极次一级的选项，所以我应该要感谢那段在校的时光，乏味到别无选择。

二〇一二年十一月，传闻中世界末日的前夕。我接到了一通电话，我之前在5sing上合作过的一位音乐人参加了《中国好声音》，签约唱片公司去到了北京，邀我过去一起合作他的第一张个人专辑，并且寄来了合同。生活就是这样，在医院实习快结束的时候，我接到了唱片公司的合同。我当时没有犹豫，因为对方说包来回机票，我没有坐过飞机，所以就答应了。离家前父母再三叮嘱，不要被骗。就这样，在实习结束后的半个月，也就是二〇一三年四月，我来到了北京，或者说是通州。没有蔽日的高楼，住所门口一家沙县小吃，倾斜的台球桌，世界一片土黄色。我流了好几天鼻血并且得了风疹，对将要发生的一切一无所知。

后来我才发现，我的这位音乐人朋友签约的并不是什么唱片公司，只是一家做盗版发行的公司而已。在他参加完节目小火的两年间被公司安排疯狂地接演出，并以极不合理的分成来结算。我们前期所有的词曲合作难以推进，理所当然地，我在北京变得无所事事，开始失眠，焦虑。有时候会接到商业制作案，比如给美容院写一首宣传曲，或者给某个拍网剧的艺人写一首个人单曲，诸如此类。稿费不多，但紧巴一点足够一个月的开销，这样的生活持续了一年多。这段经历也使我成长，在创作上，为了谋生而变得不那么固执，开始写别人想要的东西。在心智上，这个社会的规则才开始以逐渐清晰的面目呈现在我的眼前，果然不那么好玩。

二〇一四年，我们离开了这家皮包公司，在五环附近租了一处容身之所，成立了自己的工作室，接各种各样的散活儿来维系当时的生活。有了一些朋友，能接的活儿也多了起来。这一年独立音乐的势头很猛，我发现从前听过的许多音乐人开始得到越来越多的关注，但我身边的大多数合作者并不太认可这个类型的音乐。认为粗糙也好，认为难听也罢，我当时并没有拿得出手的作品，人微言轻，所以继续干活。

说到这儿，有一个说法不知道大家听说过没有——对于音乐的感受在我们童年乃至青年时期就定型了，之后无论接触什么类型的音乐形态，在潜意识里都会参考那个时期的音乐审美标准来取舍判断。在这里我想说的是，我们每个人对艺术作品都会有自己的主观判断，你能接收到这个作品所传达出来的信息就可以了，即使曲解它，也可以享受它，接收不到也不妨碍它的存在。就连科学都不只是一元论，更何况对创作的主观感受。

回到二〇一四年，这一年我们装了自己的录音棚，在旧货市场淘得不少家具和零碎玩意儿，把工作室置办得像模像样，但我始终没有觉得自己是这个行业的一分子，音乐依然离我很远，我只是把这当成年轻时值得一试的经历。我去看各式各样的现场演出，在艺术家村里与诗人、画家彻夜喝酒谈天，去摇滚电台做音频编辑，再过个一两年，我也许就该回老家找个正经工作了，到时再回想起码是有趣的。与大部分有目标、有理想的青年不同，我好像没有太执念于去实现什么，我只是想走出来看看，这个想法一直支撑着我，即使到了半夜还是失眠、焦虑。

我一直说，我是一个很幸运的人，即使全面平庸，生活也对我很好。年底，我在偶然刷朋友圈的时候，看到一条歌词征集的推送，我点开听了这位音乐人之前仅有的一首作品，觉得音色浑厚，感觉还不错，当个练笔写来玩也未尝不可。我把这条链接发到原创歌词吧的群里，仅有一人响应。老规矩，定一个题目，各自开写。约莫半小时后我将写好的部分扔进群里，那位吧友回复："我去，这么快？"我说："厉害吧。"之后我便将这事抛诸脑后了。半个月后，这位音乐人找到我说最后征用了我的词作，但还需要一段副歌和歌名。我应了下来，趁女朋友喂鸽子的间隙写完了后面的部分，之后便有了《理想三旬》。它会被这么多人听见是我没有想到的，不然我应该可以写得更好一些。这两年它似乎成了我的标签，我的代表作。我不拒绝，自己做错了事要承担。嗯，开个玩笑。但不管怎样，由这首歌开始，我终于可以做一些自己想做的事了。

四、独立民谣与我的词作

之后就是大家后来看到的样子，整个二〇一五年到二〇一七年之间，我写了陈鸿宇的《浓烟下的诗歌电台》、《一如年少模样》、刘昊霖的《鱼干铺里》三张专辑。今年至明年会有伏仪的《硬骨见鹿集》、浩子的《无法清分的事物》，以及我自己的《鸟的世相》三张专辑面世。三年间，六张专辑。这个数量并不是因为我高产。很多人问我靠写词能养活自己吗，我的回答是，单靠写，是不行的。所以我要的比一般的词作者更多，这样吓退了不少有意合作的对象，但也只有这样，我才有可能一直写我想写的作品。不需要经历比稿，不需要经历审题，不需要有一天为了生活被别人指挥着笔杆子写一些莫名其妙的东西。我喜欢整张专辑的合作方式，这样产出的才是一个有概念的创作整体，而不是零散的妙笔，无意义。我做了我最想做的事，所以即使真有写不下去的那一天，我也能毫无心结地离开。在我的脑子里有一个说出来稍显古怪但是无比真诚的逻辑：如果我不能靠做自己喜欢的事来支撑我现在的生活，说明我不适合干这个，干点别的，该喜欢的继续喜欢就好了。我铭记着我来北京的目的，所以忠于这个出发点就好，剩余的失望、满足以及期待，都只是过程。

说回音乐。《理想三旬》发布的二〇一五年正是独立民谣最为火热的年份，我们毫无疑问地跟上了这一波热潮的尾声，被贴上了独立民谣或者城市新民谣的标签。我从不介意被贴标签，但我希望标签可以为我所用。在这里我想说说我自己心中民谣的样子。引用李皖老师《民谣流域》里《诗歌与吟唱》一章的一段话：“传统的民谣曲调，有些原本就是建立在语言本身的语调和字节上的。……远古的先人们站在大地上，也许被自然激荡，也许被人群激发，他们的灵魂涌动起来，他们的心绪蒸腾上升，于是说话者的腔调加重了、放大了、变形了。总之，倾诉获得了升华，说话变成了歌。经过漫长的传播、修饰、润色和改造，一些传统的曲调逐渐固定下来。”他还说，民谣歌手“使音乐重新回到语言上去，相信歌由言出——由于心灵的发动，使诗歌，或者说话，升华为一种更激情的形式。他们以激进的形式，在音乐和语言基本脱节之后，重新建立起两者之间的关系”。

我认为这是在我心里最为恰当的说法了，所以直接摘选。他提到民谣与语言之间，是以语言为主的变形。与诗歌的关系，是借由音乐的形式所达到的一种升华。传统的民谣基于这两点，无可厚非地拥有很强的地域根植性。但注意一个说法：传统。我们做的是什么？互联网上的标签是城市新民谣。当然，我们的传播途径变了，创作方式变了，甚至我们的生活环境都变了，从一个城市去到另一个城市是家常便饭，地域的局限性被打破也无所谓吟游。我时常打趣地觉得，我们的新民谣里经常出现“南方”和“北方”这样的词语，是对传统民谣的一种概念上的简化，它其实是模糊的，这一点我们可以直接从作品里听出来——没有具体的场景，我们这一代人早就不属于某一方水土了。这个时候问题就出现了，随着软硬件的进步、音乐制作门槛的降低，越来越多的人在音乐创作的前期，因为条件所限，仅用一把吉他制作出来的作品，又或者因为没有成熟的团队，以一把吉他来完成的演出，我们很自然地把它们也归类于民谣。渐渐地，即使内核是再正常不过的流行曲，因为制作的粗陋，也被贴上了民谣的标签。当这一部分人拥有了粉丝，得到了商业的变现和制作资源，你再听他的作品，你会发现，风格变了，就是制作精良的流行曲，又或者更具风格的乐队作品，似乎和民谣一点关系都没有。民谣这个类型是一块往更高一个层级进阶的垫脚石吗？鲍勃·迪伦第一次在纽波特民谣音乐节上拿起电吉他时被群嘲，但他在去年又以民谣音乐人的身份赢得了诺贝尔文学奖评委的认可。如果一定要有一个判断民谣的标准的话，我认为无关编曲旋律或唱法，仅仅是在歌词上。时代在变，民谣也在变，它会不断以更新的形式，被贴以新的标签呈现在世人面前。校园民谣也好，城市新民谣也好，只有它的内核永远不会变。关于被诗化的语言，质朴的地方俚语以及最具时代感的文字表达，这才是构成民谣的根基。当然，这只是我个人的判断标准，以及对民谣的一点浅薄见解，仅供交流参考。毕竟风格之争，说多都是虚无，一首作品能够打动人心，或者被人传唱，才是它所能体现的最为踏踏实实的价值。

这也是当一个作词人的好处，今天民谣当道，我写了一首所谓的城市新民谣，明天嘻哈正火，我也可以去写嘻哈，毫无风格的局限性。这当然是个说笑，嘻哈音乐人更注重歌词的原创性。我只是乐于尝试新的表达而已，所以我会去给王力宏的曲填词，去给凤凰传奇写歌。我从有趣的音乐、文字、电影里汲取营养，归纳到我自己的生活中，变成我自己想说的话，或者来描述我的生活，与什么样的音乐和人去碰撞又有什么关系呢？跟我完整合作过的这几位音乐人，陈鸿宇、刘昊霖、伏仪和浩子，他们的音乐调性和个人气质完全不同，这也是一个有趣之处，与不同的人合作可以保证我在创作上的鲜活，就跟演员接不同的角色来突破和完善自己的演技是一个道理。我希望我是一个文字上的演员。同时，我也很感激我的舅舅曾经对我说过的一席酒话，他说，无论你将来去到哪里，做什么事，你的根都不会改变，一个人想要尝试了解自己，应该从了解自己的故乡开始，一个对过去感兴趣的人，才是一个有希望的人。

我一直记得这句话，以至于我这两年的作品时常出现跟童年、故乡相关的意象和主题，频率高到别人以为我只会写这个，或者是在贩卖情怀。确实，我有些过于沉浸在这样断断续续的缅怀之中了，需要警惕，但是也恳请大家体谅一下，好不容易可以做音乐，且容我再多写几首。

五、结语

最后还是那句话，我是一个幸运的人，这一路上得到过很多人的帮助，我很感激他们。一些不好的事情因为记性差的缘故对我影响甚微，我很感激自己。从二十一岁到北京开始做我自己喜欢的事算起，再过几天我就二十六岁了，五年时间，我还清晰地记得自己在二十岁时对音乐和文字的感觉、对人对事的认知，那时我足够善良，所以今天也不需要改变。

“你且迷这风浪，永远二十赶朝暮。”新歌里的一句歌词，送给大家，也送给自己。今天的演讲到此结束。谢谢。

玫瑰无派对

二哥工作的房间总是闷闷的，如果你突然开门，必是一片烟熏雾绕，无数皱巴巴的烟头扭曲地躺在一只随机放置的烟灰缸里，让我联想到诺曼底登陆战后遍野伏尸的残局。二哥身旁永远有一壶早已冲泡到几无茶色的茶水，鱼缸、字画、庙里求来的符帖构成了二哥的工作环境。二哥八九年生人，只比我长两岁，却活像个老人。

记不得二哥第一次和我讲要组自己的乐队是什么时候。“唱得都不错，但感觉不对，都不太对。”其间我同二哥一起物色过好几个有可能成为拍档的人选，但歌手的状态和对作品的理解总与预期略有出入。二哥叼着拧着过滤嘴的烟头瘫在沙发上，五官缩作一团，他愁起来的时候，头顶出油，锃亮锃亮的。

从事编曲工作将近十年，二哥为枯鱼肆制作了三张专辑，担任《恶毒梁欢秀》的音乐总监，也参与一些别的项目，其间零散的工作不断。“要生活嘛，只能干啊！”二哥干活干懵的时候，总是撑着快要睁不开的眼皮这样说，但每个音乐人都会想有自己的作品吧。

某天，我去到二哥家，客厅电视屏幕上正播放着《亮剑》，二哥在工作间编曲。我问道：“你怎么开着电视啊？”二哥说：“家里太清净，需要点声响。”二哥去年家里买了房，最近赶着装修，父亲又生病，处处需要花钱，二哥踏实，所以纯粹入世，没那么多花花肠子，因此他也是我们这帮人中生活压力最大的。二哥卖了去年购入的一台电钢琴给父亲治病，工人来取货时，二哥脸上笑呵呵，嘴里跟我嘀咕着，这是应个急，之后压力小点再买回来。

“慢慢来，慢慢来。”我这么说。

第一次认识桃子，是大家一起吃串，她穿着居家的运动装，头发吃得有些乱，面色红润。她对我说：“我知道你，听朋友说你歌词写得特别好，我这儿有两首歌你能帮我试着写写吗？”红油锅的雾气漫在方桌中央，我有些尴尬，不知如何回应，朋友见状打了圆场。饭后，桃子给我们推荐一家通州可以吃兔子的店，豪爽地说，下次再约。

之后，我继续忙着伏仪和自己的专辑，二哥也在干完散活儿的空档，继续忙着我和伏仪的专辑，以及鼓捣自己未命名的只有自己一个人的乐队的事。二哥终日丧丧地坐在电脑前，一如既往，累了就泡壶茶躺在设备堆里，俨然如一个程序员。如果有一天，二哥在房间里秘密造出一架火箭，想必我也不会太惊讶。

第一次听到《Falling》的半成品是去年年末，一首桃子自己填写的英文词，是味儿很正的英伦情歌，好听。二哥很兴奋。我问："是谁唱的？"二哥说："桃子啊。"我一时没反应过来，问："那你打算什么时候发？"二哥说："随时，等封面。"

确实很随时。

二哥某天在工作室的群里出其不意地扔出一首歌曲链接，在群里说了一句"歌发完了"。没有任何计划，也没有通知平台。昨夜派对，这个由二哥编曲制作、桃子演唱所组成的乐队，就这样贸贸然然、悄无声息地完成了自己的处女作首秀。

对于首日评论数据未过百的结果，二哥显得有些沮丧，为这个新成立的乐队前途感到焦虑。我安慰二哥："是这样的，慢慢来，积累内容。"二哥说："为什么你们的歌一发完评论一会儿就999+了？"我说："因为有前期的粉丝积累，加上音乐类型，现在是这个风口，但数据不代表音乐本身。"

二哥大概是不明白，一首作品的成功，并不只是音乐质量，完成音乐只是第一步。二哥不知道，他的第一步做得很好，某种意义上讲，比我们都好。这是我喜欢的创作的样子。

我问二哥："后面的歌打算做成什么类型？"二哥说："哥们儿还没想好呢。"我说："一起想想呗，后面的词我来写吧。"我以为这么说二哥会缓解一些，没想到他更愁了，他说："不是没想过，但是万一乐队做不起来咋整啊？"我说："没事，做东西嘛，大家先聊好一个比例，盈利就分，亏本就当玩，几首词的精力我也不算亏，不要有负担。"二哥总是把可能出现的矛盾直截了当地摆出来，不绕弯子，合作起来很舒服。

自然主义、古典科幻和迷影情结，是我很久之前就想写的几个题材，但受限于之前的专辑定位，触及不到。昨夜派对的曲风复古，大气而多变，是一个特别好的载体。

说来有趣，现在成曲的《鲸落》、《曲率飞行》、《暖暖内含光》都是在从前别人弃稿的基础上修改完善的作品。

"这首词没有点。"这是之前的音乐人对这几首作品退稿时的统一评价。他们所谓的"点"，是大家喜闻乐见的流行金句，是主观意义上的"客观金句"。在大家热衷于讨论何为独立、何为流行的那几年，这样的

“点”同样至关重要，它几乎可以用来衡量一个创作者在创作理念上是否成熟。

我想，只要专辑这个概念还存在，我们还要做专辑的话，就应该继续执守符合专辑概念的创作。

我给昨夜派对这一时期的创作定位只有两个字：浪漫——敬畏自然的感性浪漫，对于空寂宇宙无限畅想的理性浪漫，流行文化与亚文化碰撞所催生出的思潮浪漫。几首歌如同几朵不同种类材质的玫瑰，集成一捧有金属、海浪、复古、游离气息的花束，以这些“浪漫”的制景来虚构一场时空交错的迷幻派对。

如果说，我把入世的乡愁与诗意放在了前几张专辑，分发给了陈鸿宇、刘昊霖和伏仪，那么我给昨夜派对的就是我积蓄已久的浪漫情结——关于缤纷时空，关于深海星空，关于古典浪潮，也关于小小的迷影趣味。

单曲陆续发出，在这个靠一首爆红单曲即可立足一隅的大环境中，昨夜派对的关注度只有零星上涨，小半年的时间里并未掀起任何可见的波澜。但我们知道，已经有那么一小撮人开始关注这个没有固定曲风可辨识的乐队，这大概是我们最为温吞的叛逆。

就像写《鲸落》时，我说：“二哥，你幻想一片深海中一只巨大的虎鲸尸体缓缓下沉，身边不时游过闪光的鱼群的场景，那些被潮汐力掀起的洋流就是大提琴的低音，那些鱼儿身上忽明忽暗的光就是钢琴的清响。”

就像《暖暖内含光》原先是一首为别人创作的Bossa Nova曲风，最后合作搁置，曲另作他用，词就废弃了。二哥从小学Jazz，但不喜看电影，桃子原先驻唱也唱Jazz，我说：“咱们做一首中文爵士吧。”爵士用中文最难写得有味道，正好我这儿有一首，觉得很合适。这首歌词其实是个文字游戏，里面见缝插针地套入了二十一部个人心仪的国外经典爱情电影。我讲给二哥听，二哥说：“电影哥们儿一部都没看过，但我懂爵士。”我给二哥听了《卡萨布兰卡》的插曲《As Time Goes By》，二哥说：“你说的感觉我大概理解。”最后词谱完了曲，事实证明二哥是真的理解。

创作奇妙，大概如此。说着要做出数据，要玩点小聪明，作出一些妥协，但一旦进入创作状态，这些考量就会全都被抛诸脑后。我想，创作伙伴之间不消磨，对作品还有期待，也许才是目前最应该维持的状态。

单曲《玫瑰往事》是作为《曲率飞行》的续章来创作的，灵感来自作家刘慈欣的中篇小说《球状闪电》，小说尾段描述了一朵量子态的玫瑰，相当硬核、浪漫。二哥的作曲温软、悠远，旋律性又不至于薄弱，间奏部分以配器旋律为主，我们还尝试加入一段阿波罗登月时的录音采样。浓墨重彩的太空狂想，以低沉沙涩的男声配唱，再合适不过。这也是二哥首次献声，我们费尽心力劝说，二哥才算是从了。他把自己关在录音棚里，不肯让人监听。我们坐在棚外吃橘子，棚内不时传来哀嚎:“太难了，哥们儿不行了!”二哥双手贴着玻璃门望向我们，眼中已无神采，翘着二郎腿正闲侃的我们乐作一团。

作品就这样一首一首地上线，在独立音乐被标签化的当下，我始终认为，独立音乐只是一种迎合自己的选择，不必谈及其他，创作本身就是快乐的。

七月，暑热难耐，二哥不期而至地又往群里扔了一首新写的demo，是一首复古disco，昨夜派对的下一首单曲。桃子听完兴奋地发了一堆长语音，中心思想大概是这样：这歌儿广场大妈的心脏应该受不了。我笑称，终于有点搞派对该有的范儿了。我想象二哥穿着背心、拖鞋，踏着急促的鼓点，一边鼓捣电子合成器，一边煮水泡茶的模样，出离有趣。

不知为什么，听完这首disco的demo，我脑海中呈现的全是cult片邪趣而血腥的画面。昨夜派对的第五首单曲，也许会是一朵充满电气和血肉的玫瑰。想法一旦成形就无法抑制，想到这儿，不禁为二哥想做商业爆款音乐的路还任重道远而扼腕。

三个月后，昨夜派对的第五支单曲《怪谈》后期制作完成。这天，我到二哥家，客厅电视屏幕上的剧已经换成了《我爱我家》。从工作间的窗户向外望去，小区里的部分绿植已经变黄，醒目中带着秋天特有的倦意。二哥指着新购置的一台合成器说：“这是哥们儿新买的玩意儿，待会儿给你试试效果，巨他妈牛逼。”一脸难掩的兴奋。

歌的故事

一

写完这张专辑最后一首《歌的故事》，我忽然想到，我曾不止一次听音乐圈的前辈们说起，他们想要成为鲍勃·迪伦那样的音乐人。说这话的时候，他们的眼睛里仿佛有微弱的光。

电影《阿甘正传》中，女主角珍妮在脱衣酒馆用吉他挡住赤裸的上体弹唱《Blowin' in the Wind》，这时的画外音是阿甘，他说："她的梦想真的实现了，她成了一名民谣歌手。"十三岁的年纪看不出讽刺，这也是我第一次听到鲍勃·迪伦的音乐。

How many roads must a man walk down
Before they call him a man?

在手机刚刚支持MP3功能的年代，我无法找到这首歌的出处，但也会不时地哼起。影片中，阿甘一拳打向骚扰珍妮唱歌的酒客，并一把将珍妮抱离困局。我当时的想法和影片中那些嬉笑的酒客一样——她应该把挡住胸部的吉他拿走。

后来我才知道这首歌来自鲍勃·迪伦，他一生的身份、褒贬和成就不胜枚举：无论早年作为民谣歌手艰难卓绝的理想主义生活，还是六十年代初便成为民谣界最闪耀的一颗星；他是知识分子，但同时也是个骗子，包括后来极具争议的摇滚转型、摩托车意外事故、诺贝尔文学奖……我又想起前辈们的话，我不确定他们是想成为哪一个鲍勃·迪伦。

再后来，我被周围的人不止一次问起，你想成为林夕那样的词作者吗？我脑中又无来由地浮现出珍妮在脱衣酒馆抱着吉他唱歌的画面，但我已经不想看她被吉他遮挡住的胸部了。

二

最近买了一本书，是邹振东老师的《弱传播》，讲互联网舆论的，我放在床头不时翻起。语言是一门玄妙的学问，传播更是。一个做艺人总监的朋友说，每一次互联网传播介质的迭代，必会伴随一次音乐审美的降级。我在心里打算否决这个说法，但一时无法找出更好的论据。

我还是无法彻底介入这样完整的商业视角，在没有产生巨大的利益之前，我便不会被此裹挟，我似乎永远可以对自己说，我只是在做自己喜欢的事情。

在经历过多次被侵权，被抄袭，迎合与自我之后，我知道这个世界并不如我想象中那样符合逻辑。好的作品永远伴随思考，但创作应该纯粹，我对自己说，是这样的。

三

有一次，在酒吧约见一个经历了网络是非的朋友。当时她还没有从巨大的舆论中缓过劲儿来，她强打起精神说，起初并不觉得自己有做错什么，后来才恍悟事实并非如此。她说，她用生活的逻辑思考因果，但互联网自有一套逻辑。我说，多经历一些事，就是在这个时代里多得到一把解题的钥匙，我们都不是聪明的人，只能亦步亦趋，这是一个与直觉相冲突的时代，在网络上我们都无意识地伤害过别人。

我很想把邹振东老师的书借给她，但又想，如果消解内心负面情绪的方法是倚靠对规则的透视而非从自身道德行为上去自判，这似乎并没有什么好处。我们犯错之后是善于给自己开脱的，这是出于感性的自我保护，并非理智的本意，应该警惕。

朋友指出，我有一点说得不完整，其实何止是网络，即使在现实的生活中，我们也曾无意识地伤害过别人。最后她说，如你所言，伤害并非本意，但切换到被伤害者的视角后，懂得理解，人生便多了一把钥匙。我们都会成为更好的人，对吧？我看着她沉浸在某种释然的情绪里，适宜地说道，我不太喜欢这里放的音乐，下次别来了。

四

在很长一段日子里，我将精力投入在音乐之外的别的地方。但逢人交谈最多的话题，还是会绕到我写的作品上，这让我感到有些烦厌和不安。曾几何时，来到北京做音乐，像一个巨大的新鲜而出离的梦。现在，我清晰地感受到，它正在失去作为一个梦境该有的幻觉。我还是会惯性地去反抗习以为常的一切，比如音乐这个梦做得太好，于是它就成为我反抗的新目标。

近来，我的创作对象不再有理想和虚无的光景。我会给每年要接的商业合作定下一个能够维持生活成本的数量。我不再钟情于场景的构建，它们有了更清晰的指向。如果一定要写，我也希望温暖一点。几乎是在毫无意识的情况下，我走向了自己的新生活，故乡在我的文字里终于沉没。

周围的人不止一次问起，你想成为林夕那样的词作者吗？不想的，我这样说。曾几何时，我也可以选择像珍妮一样脱下衣服，站上台去，但现实没有阿甘替我向生活挥去拳头，人生是这样的困局。

五

三月，北京的天色蓝得像一片廉价的墙纸。你最近在做什么？老朋友叙旧时总会问起。我最近什么也没做，健身，吃饭，计划旅行，看电影。偶尔倒计时，想着该醒了。

2019年3月6日

问答部分

关于合作

对大部分音乐人来说，我可能不是个理想的合作对象。韵脚结构这些基本功就不说了，文笔是加分项，但也不过是最次一级的考量。不拘泥于某一种形式，措辞浅白或繁复，造情或造境，要视具体音乐类型和音乐人的特质而定。

下面说说我自己。永远图有趣，永远不专业。

读书时，很多写词的朋友每年都会参加台湾华研举办的网络词曲创作大赛，好几个伙伴也都取得过不错的成绩。我只投过一次稿便放弃了，哪怕这是当时我所知道的关于写词的唯一出路。我很清楚我写的东西不是他们想要的，虽然可以配合，但会觉得无趣，毕竟喜欢写词并不是为了套路自己。

近一年来，开始有音乐人和唱片公司联系我，希望合作，但大部分我还是婉拒了。一是因为钱给得少，不是开玩笑。二是我听过demo并得到命题之后，我知道他们想要的东西自己可能写不好，这和放弃向华研投稿的原因一样，无感的合作很难走心去写。三是我不接受比稿，《理想三旬》是我唯一一次比稿，且暂时没有接行活的准备。

歌词作为流行音乐创作整体的一部分，和作曲编曲演唱一样，只是在你填完一首行活时，它的技巧更容易被人所觉察到。我的状态不适于这种合作，除了内容本身，能给到的价值也没有到大牌词作者那样，随便一写或挂名就能产生宣传效应的地步。况且无论退稿或改稿，都是一件恼人而消磨创作热情的事，别人给贴的标签要拿来为我所用，但没有标签就没有累赘。

大部分音乐人在选择一首理想词作时，更倾向于这首词能不能打动自己，再往上一点，还可能会有制作人来作抉择（当然大前提是唱着顺嘴，扣题，情感递进没有问题）。我的情况则是，依据个人经验，我不太信任大部分合作者对受众市场的把握，合作过程中我接受三次以内的改稿，进棚录唱时也会根据实际情况对歌词作适当调整。在之前回答《理想三旬》的创作时有提到过，我本身很愿意附和旋律去揣摩受众，基于这一层创作理念，词作打不打动音乐人本身，我并不太在意。

例如《早春的树》，我在填写这首曲子时，刻意抑制了情感的抒发，主副歌没有递进关系，因为我觉得旋律本身太平，情感一过唱出来可能就会滥情，索性不表达，情感的部分留给纯吉他编配去找补。词曲的配合不只在旋律上，编曲也占了很大一部分要素。这也是在跟陈鸿宇的合作过程中，他唯一要求我返稿的一首词，当然，我拒绝了。

我更倾向于主动联系自己中意的创作者，保证自己的创作内容能够强化和突出个人风格，因此，我甚至经常会干预具体编曲和演唱的部分。这和音乐类型、受众市场什么的无关，只与合作对象的创作理念能否合拍有关。

所以，能有自己一帮子朋友，搞点小作坊式的创作，就挺好。创作是件愉快的事，不要变负担。与其问作曲喜欢与怎样的词作者合作，不如问问自己想做什么样的音乐，这决定了你可以创作什么样的歌词文本。

关于十四五岁的文字

十四五岁时的文字称不上作品，但远比现在要愤怒和偏激。

文字大部分找不到了，说说当时的状态，再贴两首那个时期留存的词作段落吧。

那个年纪刚被互联网上出现的“世界十大禁片”的片单刷过三观，并且开始沉迷于寻找同类型的邪典影片，乃至越走越偏，翻墙挖各种奇奇怪怪的反人类的视频，惊觉世界奇妙。当年成天泡在凯迪社区，爱看野史秘闻、政治八卦。好在我哥当年也是个愤青，被他带动，我从小学就挺愤青的，所以到十三四岁的年纪就已经愤过劲儿了，只剩一点无由头的悲天悯人。

那时的民谣还没有充斥着“姑娘、炮房和远方”这样的意象，因为英文太差，我不能说自己爱听鲍勃·迪伦，我只能说那时的自己常听周云蓬的《中国孩子》、《蓝色老虎》，左小祖咒的《北京画报》、《六枝花》，腰乐队的《民族》、《做一个不客气的旁观者》这一类的音乐。热衷于审丑，憧憬“垮掉”的摇滚年代，比较愣头青，喜欢内容和形式上有反差的作品。

十四五岁时已经算写过一两年歌词了，主题很泛，看到什么觉得有趣就拿来写（其实现在也是这样）。所以当时写的文字充满了“拿来”的愤怒与观点，对世界喜欢极不克制地一通嘲讽。现在看来，当时的我并不明确自己在嘲讽些什么。

比如当时写过一首歌词叫《新闻》，副歌段落是——

请放弃与这个世界斗争，让传奇去演绎时代趣闻。

请放弃与这个世界斗争，让梦寐去诠释花边新闻。

……

如何美满人生，佛家没有明文，最后竟是政府，教我识得贪嗔。

比如看过讲恋尸癖的德国禁片《困惑的浪漫》，我就会把主题直接拿来，按照自己的想法写成歌词，还记得前两句是——

眼珠依然是你的眼珠，我吞进去又吐出来，用唾液清洗你的视野，看看我是不是更漂亮。

……

内脏依然是你的内脏，停止跳动的是心脏，持续蠕动的是大肠。柔软的脾脏，好看的紫色郁金香……花儿开了，在你的右心房。

诸如此类的文字，回头再看，还算可爱吧。

关于怀疑

保持思考和善感，但不腼应旁人。

相信常识并保有善意。

无知即恶的话，就适当知道一点。

去接近事物的本质，永远去接近。

抒情抒不下去时，就谈谈食物。

骨子里，我是个乐于被说服的人。曾经无法理解的事物，现今也无法理解，但我会试着以相对理性的审视方式与这个世界彼此接纳。

譬如“常识”在一般情况下是可靠的，但过于遵循“常识”可能会变成一个钝感的人。譬如我无法理解的事物会尝试去包容和感受，但不会强迫自己去理解，强行攀附高于自己理解能力的事物只会显得愚妄。譬如我会时刻警惕自己过剩的欲望，这会使人看上去得体一些。

我理解人与人的疏淡，也接受在路上的破灭，不去深究虚无的意义才好着力于眼下的实际。

要说改变，大概是明白了观点和经验只是生活的工具，更多的时候要选择性放空观点，不去迷信经验，对未知的渴望高于已知。这不是因为历经某些事件而产生的改变，所以我没法拿某个具体的事例来讲。

如何对已知的事物产生怀疑并不重要，重要的是保持住这点怀疑，并一直怀疑下去，这样才好避免人生中随时可能会产生的一些失望。

一个少有失望的人，也应该是一个不信美好的幻觉但会创造美好的人吧，这是我深信的部分。

关于思维方式

弱化生活与工作的目的性，专注于过程中的乐趣。

不因人废言，反之亦然。

让预期尽可能低于实际的结果，以提高收获正反馈的概率。

务虚，与人合作提前考量可能出现的矛盾，考虑事态的整体进程，规避一部分，承受一部分。

警惕个人价值观的输出，不预设定论。

适当地走出自己的舒适区，但不走远。

“真理思维是人类最大的虚荣心。”

关于精神力量

科学和宗教都是认知世界的工具，作用于自身的物理规则于亿光年外的宇宙并无两样，只是不同尺度下所见的世界便不同，因为敬畏，所以求知。而我的精神力量来自女友做的饭。

关于民谣

民谣本身就是一种创作题材和表达方式极为丰富的音乐类型，政治、宗教、讽刺、叙事、抒情、民俗、祭祀无所不包。其次是各国文化氛围不同，在气质内容上自然千差万别。

如日本民谣，歌词大都如俳句短诗歌，古典优美，意蕴深远。

英国民谣同样作为表达传统诗歌的一种载体，内容自然也是以英国诗歌为主。

美国民谣可能是大家最熟悉的一类，也是最常与国内民谣比对的。美国民谣起源于民权运动。美国作为一个移民国家，并没有自身的文化根基，所以以鲍勃·迪伦为代表的美国民谣词作者，其早期歌词创作，内容更多的是与政治、宗教及种族相关的偏严肃的题材，创作了大量或叙事或讽喻的优秀作品。从这一层面来说，美国的民谣与摇滚是不分家的。而摇滚精神在国内只是一种被抛于虚空的抗争姿态，民谣本质随着时代的变迁也一直在被赋予新的含义。

中国民谣，最早可追溯到《诗经》乃至其后的汉乐民歌，内容广而杂。现代民谣更多是从民间口口相传的小诗或接近口语的吟诵演化而来，以唱词为主，旋律为辅，内容上更多是自然的情感流露，偏婉转优美，更倾向于抒情、赞美及叙事，即民歌。其中又以王洛宾先生为代表，对万物自然、风土人情有一种天然的亲近。

国内独立民谣我想拎出来单说。同样，它也是时代与外在环境的改变而催生出的一种产物。我们现在所听的大部分独立民谣，大致可称作流行民谣或城市新民谣，它基本失去了民歌根植地域的独特性，内容上借鉴传统流行音乐的表达形式，在内核上更加自我化，其表达更多是针对个人处境的一种感受外化，符合这一代年轻人的特质——城市化的趋同让这一代人失去根源、分众个性化、严肃被消解、接受过多的碎片化信息、疏离，表现在创作中也是如此。

至于为什么还是把它们归类在民谣的范畴里头，这是文化结果论的心态。毕竟风格也是由人来定的，不同时期的风格自然也会被赋予新的形式及含义，民谣也是如此。

关于押韵软件

写词这件事，押韵是基本功。押韵软件不是不用，而是用不上。我的经验是，在根据旋律线的走向确定韵脚之后，整个句子里，需要押韵的句尾的前一个字或者组成句子的前几个词组如何选择，入曲是否好唱，其实才是最考验技巧的地方。从表达层面讲，一个词作者必须清楚自己要说什么，当写下的字句平仄足够与旋律起伏相贴合，押韵往往已经是下意识。

对于一篇歌词创作来说，韵脚和曲式结构一样，是前置的框架，词作者必须在这样的框架内进行表达，再根据旋律去建构一段思绪、一处场景或一个故事。基于此，普通人的基础词汇量已经足够，如果确实没有合仄的词汇，选择转韵是比凑韵更为妥当的处理方式。

关于慵懒

一个遭遇过现实的理想主义者，往往容易滑向实用；而一个抵抗不住挫折的实用主义者，往往容易跌入虚无。

这样的气质或许不是培养出来的，他大概经历过什么。随性是一种内心的自洽，而慵懒可能是真懒，他找不到出口了，才索性路边野餐。

关于AI音乐

我的观点是：AI不会在任何历史节点替代任何与音乐创作相关的工作者，它们可能参与，也可能改变传统音乐行业的发展模式，但不可能替代。

只要AI还是靠运算模拟和数据分析进行作业，它在艺术相关领域的创作中就只能作为工具。

我们假设AI可以用数学的方式把音乐写到穷尽，但音乐作为一个文化产品，背后必然有促使其诞生的文化语境，AI无法用同样的方式连接和捕捉其背后混沌的历史机缘与时代共情。效率只是一个单纯的商业追求，在数量上接近于无限的音乐作品在价值上也很可能趋近于零。

进一步，假设AI进化到某一阶段，产生了自我表达和创造能力，它们也许会创作出属于自己的音乐。在那样的一个未来里，AI音乐就像古典，摇滚，金属，布鲁斯，谁都可能喜欢，也可能不理解，但那只是一种新的类型音乐。替代，只可能是卓越替代平庸，而风格本身不能替代风格。

关于误读

如果说人与人之间的关系是由误会所构成的，那么由人所创作出来的作品也是这样。音乐人基于对音乐和文字的误会来创作，所以当旁人误会其作品时，共鸣就产生了。